「《我が意思は刃、結することなき無形の剣なり》ッ」
カイリ
「《隔壁》ッ」
アーシャ

「この継暦を終わらせ、
至高の存在になるのは
私一人で十分だッ!!」
ベルゼニック

「こっちにはまだ――
擲《なげう》てるものがあるぜ」
ザコ

ミグナード
「実力の差というものがわからないのは虚しいことだぞ」

百万回は死んだザコ

著者・イラスト
yononaka

enterbrain

HYAKUMANKAI WA SHINDA ZAKO

CONTENTS

Presented by yononaka

用語集

HYAKUMANKAI WA SHINDA ZAKO

インク

人間が潜在的に持っている力。食事や睡眠によって貯め込まれる。魔術や請願を扱う際に使用されるため、保持容量や生成量が高ければ高いほど優れた術者となる。

超能力

伝授・学習不能の固有の能力。《復活》のような再現性のないものから単純な身体能力の強化まで幅広く存在する。それらを疑似的に再現しようとしたものが技巧、魔術、請願である。

技巧

主に身体能力に由来する特別な能力。特別な才能がなくとも反復練習や教育によって獲得することができる。

魔術

特定の過程を経ずに結果のみをもたらす技術。ただし使用するためには特定の言葉にインクを織り交ぜた『詠唱』と呼ばれる動作が必要。『詠唱』を覚えることにより、個人で複数の魔術を使用することも可能となる。

請願

超能力を擬似的に再現する手段。請願が眠る『物体』に触れその名前を呼ぶことで能力を使用することができる。ただし請願には相性があり、適性の無い者では名前を呼んでも使用することができない。

付与術

技巧、魔術、請願などの力を特定の物に付与する術。与える能力の持ち主の同意があれば、付与術によって物に能力を保存し、さらに任意のタイミングで使用することができるようになる。

伯爵

帯陸《せかい》における支配者階級。

巨大国家であったカルザハリ王国の王が崩御した後の権力争いの結果群雄割拠の乱世に突入、公爵や侯爵といった上位の権力者はことごとく滅ぼされるようになった。そのため現在では伯爵を名乗る者たちが各所領を支配し王のように振る舞っている。

冒険者ギルド

冒険者の資格を発行し、仕事を斡旋する組織。伯爵などに従うことのない独自の勢力であるが、そうした権力者の多くと協力関係を結んでいる。

刻印聖堂

請願が眠る『物体』の多くを確保・管理している組織。請願とその『物体』を神聖視しているため誰もが無条件に扱うべきではないと考えており、請願を扱うための教育や獲得の制限を行っている。そうした教えが教義となり、いつからか宗教組織として扱われるようになった。

炉

伯爵領で都市と呼ばれる場所であれば最低一つは置かれている、古の時代の遺物。水の浄化や防壁の堅牢化、人力では動かせないような巨大な出入り口の開閉など、都市に関わるあらゆるものの制御を行っている。

序章

HYAKUMANKAI
WA SHINDA
ZAKO

【継暦2年　春／5】

よっす。

オレは賊《ぞく》だぜ。

盗賊でも山賊でもない、ただの賊。それがオレだぜ。


いや、オレが誰かってのは、大して意味のないことだな。取るに足らん賊でしかねえよ。名前を語るまでもない、名前を持つ意味すら持てない。それがオレさ。

その無意味無価値なオレは現在、同じ程度の価値と意味を持つ愉快《ゆかい》な賊のお仲間と街道沿いに生えた草木に隠《かく》れ潜《ひそ》んでいる。

街道沿いは危険が一杯。狼《おおかみ》やら猪《いのしし》が飛び出て来るかも。その程度じゃあ済まないくらいの存在が襲い来るかも。

なによりオレみたいな賊がナワバリを主張して通行料だの命だのを狙っている。

命知らずのオレたち賊は、当然ながら他人の命にも頓着《とんちゃく》がない。脅《おど》して駄目なら殺したれが常套手段《じょうとうしゅだん》。

今日はどんなカモが道を通るかなとワクワク顔の人相最悪な賊仲間《ゾクヅレ》たち。

「お客さんが来たぜ」「誰だ?」「女だ」「女か」

「でもガキだぜ」「ガキかよ」「でも女だぜ」「金に換えやすくて最高だ」

こういう最低なことを臆面《おくめん》もなく言えちゃうのがコイツらなんだよなあ。秩序《ちつじょ》もなければ倫理観もない。この時代に適合した愛すべきところのないクソったれども。それが賊だ。

賊どもお待ちかねのお客さん《カモ》はたったの一人!

さて、性別は先程の報告の通り、女。背丈《せたけ》は今のオレよりだいぶ低い。

「おい!　そこのお嬢ちゃん!　止まりなあ!」

オレが状況を見ているのをよそに獲物が望んでいたものだと理解した賊たちが飛び出していった。そうしてから口々にお約束の下品で下劣《げれつ》な脅し文句を発し始める。

「ここは通行税が必要になったのを知らねえのかあ?」

「へへへ、かわいい顔してるじゃねえか」

「武器も防具も荷物も、なにもかもぜ～んぶ置い――」

四人目が言葉を終える前に、少女は担《かつ》いだ剣を片腕で振った。

正確にはそうしようとしたところまでしか見えなかった。

次の瞬間、四人目は巨大な包丁《ほうちょう》が空から降ってきたと勘違いするほどにあっさりと真っ二つになっていた。

「え？」

他の三人は呆気《あつけ》にとられる。何かアクションを起こす前に四人目同様に大剣によって真っ二つであったり、細切れであったりになった。

オレか？

勿論《もちろん》、ダッシュで逃げるぜ。こんな秩序も何もかも終わっている時代に一人で旅をしているヤツなんて常識外れの強さを持っているに決まっている。

しかし、逃げんとした気配を察知されたか、体と構えをこちらへと向けている。

とはいえ、多少の距離がある。

うまく行けば逃げ切れる――

……――と思った次の瞬間には何かがオレの体を通り過ぎていった。

不可視の、端的に表現するなら『飛んでくる斬撃』。びっくりするほどきれいに真っ二つにされた。痛みすらないのはお慈悲《じひ》かもしれねえなあ。

ここまでが大体二秒も掛かってないくらいだ。文字通りレベルが違うぜ。

というわけで、オレは死んだ！

グッバイ人生！

そう、これが『ザコの人生』ってヤツだぜ。

な？　オレの名前なんざ意味はないのさ。

こんな感じで路傍《ろぼう》の石を蹴《け》り上《あ》げるよりも容易《たやす》く飛んで消えていく命なんだからな。

オレは、こんなクソみたいな人生を何度も何度も送っている。

もう数えちゃいないが、きっと百万回は死んでいる。

【継暦2年 春／6】

よっす。

命がお安いオレだぜ。


オレに限らず賊《ぞく》全員が一律そうではあるけどな。

まったく、今の世は乱れに乱れているぜ。乱れの理由は今まで治安と秩序《ちつじょ》をもたらしていたどデカい国が転んじまったことにある。

王を弑逆《しいぎゃく》したお偉い貴族様たちは『次の覇者《はしゃ》はオレだ』と言わんばかりにそこかしこで軍を興《おこ》した。

土地や実《みの》りを奪い合い、殺し合い、主《あるじ》を失った軍が『野伏《のぶ》せり』になったり、居場所を失った民が野盗になったり。かつて存在していた秩序は影も形もなくなっちまった。

今じゃあまっとうに生活している連中より都市外で賊をやっている人間のほうが遥かに多い。

戦火を耐え抜いた都市たちは守りをカッチリと固めて出入りを制限している。そのせいで都市に籍を得られなかった連中も、しかし生きることを諦めないってなら否応《いやおう》なく自ら賊になるしかない。

人間ってのは食べなきゃ死ぬ。

一切れのパンを得るために殺し合いができるような奴らは賊になった。適応できないヤツはみんな死んじまった。そこかしこに悪徳が溢《あふ》れた理由はそれだけだ。

オレの周りにいる連中もそういう感じ。

薪割《まきわ》り斧《おの》や鋤鍬《すきくわ》、包丁《ほうちょう》なんぞが愛用の武器って奴らだ。

どこぞの集落なんぞから出てきて賊になったたってパターンだろう。オレもそうした立場らしい。オレの手元にあるのも鍬。これを武器と言い張っていたらしい。

「おい、行商が来たぜ！」

「護衛は？」「なし！　余裕だな！」

「やるか」「やらいでか」「やろう」「やろう」

そういうことになった。

たった一人の行商。命知らずだ。普通は一人旅なんかしない。護衛やら何やらを付けるはずなのだが。怪しい。実に怪しい。これってもしかして。

「荷物置いて失せな！」「もしくは死にな！」

に見えた。

賊仲間が武器を構えながら飛び出し、オウオウと脅す。相手の行商は小さく笑ったよう
「何笑ってやが――」

馬蹄《ばてい》の音。すぐに見えてきたのは騎兵《きへい》たちだった。

「まさかこうも入れ食いだとは。怪しむことを知らないね、君たちは」

「クソッ、みんな逃げるぞ！　こいつは囮《おとり》だッ」

「間に合わないさ」

行商の言う通り、殺到した騎兵が持つ槍で尽《ことごと》くに貫かれて死んだ。

勿論《もちろん》。オレも。

このように賊は秩序を乱し、都市と都市を繋《つな》ぐ道を閉ざしかねない厄介《やっかい》もので、多くの領主にとっての頭痛の種。

こうして定期的に掃除をしようと金と人と時間をかけることもある。

今回のは珍しいケースなんだが、何度も死んでりゃこういうのにも出くわすよな。

意識が闇に解《ほど》けていくのを感じながら、自分の今回の死を俯瞰《ふかん》するように考えていた。

【継暦2年　春／7】

「ひゅっ」

忘れていた呼吸を思い出したように息を吸う。

あ。

よっす。

盗賊《とうぞく》でも山賊でもない、まあとにかく賊のオレだぜ。


いや、死んだ死んだ。ザコの命なんてこんなもんだよな。あっさりと死ぬ。

オレが他の賊と違う点があるとするなら、オレの意思が続くことだ。

死んでも、どういうわけかオレは目を覚ます。夢や眠りから覚めるように。

肉体は別の人間のものになっている。生者や死者にオレという意識が取り憑《つ》いているのか、それとも何か別の力が働いているのか、それはわからない。

何の情報もなく投げ出されているってわけでもない。オレは肉体の記憶を読むことができる。もっとも、有用で有益な情報が得られることは多くない。賊なんて連中は恐ろしいほどに浅い生き方しかしていない。自分が何者かという確固たるものを持っていない。そこらの獣と賊にさしたる違いはないと言えるのかもしれない。

ためしに今回のオレの体にある記憶を手繰《たぐ》ってみる。……元々村々を荒らし回っていた悪党で、そのまま今の戦乱も賊としてのキャリアを伸ばしている。やりたいことは奪うこと。やってきたこともまあ、そういうこったな。

周りにも似たような境遇であろう連中が数名いる。根城にしているのは洞穴。住んでいる、とは言えない。ここにいる賊はオレの肉体と同じくそこかしこを荒らし回っていた悪党の集まりでまだナワバリらしいナワバリを得ていない急拵《きゅうごしら》えの群れ。急拵えの巣穴なのだ。

「そういや、近くの村どうなったんだ？」

「時期が時期だ。そろそろ『収穫』行っちゃいますかあ？」

「へへへ」「いいねえ」

といった感じで一同が狩り場である村へと到達した。そこらの動物と生態は変わらない。餌《えさ》が豊富な場所であるとわかれば何度も同じ場所を襲うってのが賊の習性の一つと言えるだろう。だが、村は妙に静かであった。

「なんだ。誰もいねえのか？」

村の中心まで来ても人っ子一人現れない。

「村を捨てたのか？」

「だとしても家ん中に少しは何かあるだろ。荒らしてみるか」

その言葉が終わるかどうかで家の扉が開いた。一つではない。次々と戸が開く。

「なんだあ？」

開いた扉から次々と現れるオレたちとは別の賊の群れ。

「ここがタダの村だと思ったのか、サンピンども」

あー……。なるほどな。オレらが餌場だとしていた村は収穫を待っているうちに廃村になり、いつからかケダモノどもの棲家《すみか》になってたってわけだ。

そしてお間抜けな賊のオレたちはまんまとそこに掛かった。

「く、クソ！　おい、切り抜けるぞ！」

一人が武器を抜いて構えを取ろうとする。オレも倣《なら》いはするが何もかもが遅い。気がついたときにはオレたちは先住民の袋叩きにあって命を落とす。

賊を殺すのは領地を守護する騎士や正義の味方、冒険者ばかりじゃあない。ときにはこうして同業者から殺されることもある。

【継暦2年　春／8】

よっす。

賊《ぞく》同士の無益な争いで死んだオレだぜ。


現在地は緑に囲まれている。今回の賊のナワバリ、その一画なのだろう。

今回は前回、前々回と違って装備と規模がしっかりしている。

農耕具や包丁じゃあない。そりゃあ騎士や冒険者に比べればショボいが、それでも剣であったり、戦闘用の斧《おの》であったり、槍持ちもいる。……と言いたいが、槍に関しては賊槍……つまり太めの枝を斜めに切っただけのシロモノだ。

コイツを『槍でございます』なんて表現したら武器職人に泣かれかねないよな。ただ、賊にとっちゃ立派な武器。

「頭領《カシラ》ぁ、今日の獲物はなんでしょうねえ」

「先週掛かった獲物が俺らには懸賞金《値札》が付けられたって言ってたけど、次に来るのはもしかして冒険者ですかねえ」

「だとしても俺らに怖いもんなんてねえぜ。そうですよねえ、カシラ！」

顔を向ける先にはふんぞり返る巨漢。手に持った金棒を弄《もてあそ》んでいる。

「当たり前だろ。そのために準備はキッチリしてんだ。冒険者なんぞ物の数でもねえ」

準備、か。……カシラを除いて、賊槍持ちが三人、それ以外のマトモな武器持ちが四人。ここにはいないが弓を使う奴も二人いる。『準備』ってことは弓持ちに奇襲させるためにどこかに潜《ひそ》ませてんだろうな。

「冒険者を片付けたら、次はどうします？」

賊ってのは風呂も水浴びもしないヤツらが多いせいで酸っぱい臭いを漂わせている。臭いのキツさが格付けの一つになったりするところもあるらしい。

が、基本的には賊の群れ……つまり『賊社会』だとか『賊世間』なんて呼ばれるものの構造は臭いでの格付けよりも更にシンプルだ。

大事なのは何より腕っぷし。それがほとんど全て。腕力が強くて、胃腸が丈夫で、残忍であればあるほど出世する。殴ってなんぼ、奪ってなんぼ、殺してなんぼの御職業。オツムをまっとうに働かせる場所のほうが少ないのが賊社会ってもんなのさ。

頭を回転させてなんとかしようなんて奴はそもそも賊になることを選ぶことはほとんどないだろうしな。

「げへへっ、いつでも来やがれってんだクソ冒険者どもめ。連中が束になったたって俺たち『生肉膨満会《なまにくぼうまんかい》』が蹴散《けち》らしてやるぜ！」

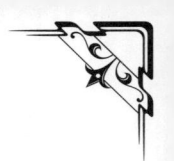

賊の特徴を脳みその作りのシンプルさと臭い以外に挙げるとするなら、ネーミングセンスのヘッポコっぷり。

そしてなにより、最大の特徴はその自信だ。無限に自信がある。後退と思慮のネジを売り払って自信を買い増したと言われれば納得するくらいに自信があった。

有り余る自信によって根拠なく誰であろうと勝てると思い込んでいる。

生い立ちから来るものなのか、どうにも命知らずなのだ。別に恐怖心というものを親の腹に置いてきたわけじゃない。たとえ怖い思いをしたとしても翌朝にはすっかり忘れている。最速で言えば三歩進めば忘れている可能性もある。

それほどに便利な頭の作りをしているのが賊なのだ。

「光が見えましたぜ」

合図だ。

隠れていた賊が獲物を見つけたらしい。

「俺たちを狙う冒険者どもが来たみてえだな。お前ら、手抜かるんじゃねえぞ」

「へえい」

賊の皆さんが持ち場へと進む。

こいつらのことなんて大して覚えちゃいないのはこの体の持《も》ち主《ぬし》も同様みたいだが、流石《さすが》にこなすべき役割は覚えている。

オレの仕事は後詰。

第一陣が突っ込んだ後にダメ押しするか、必要に応じて敵の退路を塞《ふさ》ぐかをせよって仕事だ。

冒険者をナメてんだろうかとは思ったりもせんではない。

戦力差はどうせ相当に開いている。そもそも戦力の逐次《ちくじ》投入そのものが愚かな行いだなんて話も聞くが、実際はどうなんだろうね。

今回に限って言えば、愚かであるかどうかはわかりきっているけどさ。

×××

「ひひひ」

「へへへ」

物陰からぞろぞろと現れる賊たち。

冒険者の一党は現れた結構な人数を前にしても怯《ひる》んでいる様子は見えない。

その数は三人。

重甲冑《じゅうかっちゅう》を纏《まと》った短躯《たんく》の男。片手に大盾《おおだて》、片手に手斧《ておの》。

体格と装備からしてドワーフと呼ばれる人間種の、戦士ってところだろう。着こなしも構えもこなれ感がある。ベテランってヤツか。おっかねえなあ。

お次は『布まみれ』と称する以外に表現のしようがない。

寝具を被っているようなものではなく、顔を隠し体の輪郭《りんかく》をぼやけさせるために纏った一種の迷彩《カモフラージュ》だろうか。であれば斥候《せっこう》を生業《なりわい》としているのかね。

最後の一人は大きな杖を持つフードを目深《まぶか》に被った人物。杖を持ち歩くものは魔術使いが多い。彼（仮）もそうだと考えていいのではなかろうか。

「街道に巣食う賊どもよ、一度だけ慈悲《じひ》を与える。武器を捨てて投降せよッ！」

「こざかしい！　やっちまえ！」

こうした様子に溜息《ためいき》を漏らすのは同行者の斥候。

「いわんこっちゃないでゴザルよなあ。毎度毎度、学習しないでゴザル」

「毎度とは言いつつも相手が変わってるからね、仕方ないよ」

苦笑するような言い方でフードくん（仮）が弱めのフォローをしている。

ただ、この発言はおっかない。

つまり、毎度名乗りと降伏勧告をして、賊どもを怒らせて、その上でキッチリ勝ち続けているということだ。

拾える情報はどんなところからでも拾うのが賊として長生きする秘訣《ひけつ》だとは思うが、ときに知りたくもない真実を知ってしまうこともある。

突き進む賊たちに斧を一閃《いっせん》。賊が二人、たったの一振りで真っ二つにされた。

ドワーフは剛力《ごうりき》で知られるが、ここまでの腕っぷしは流石に聞いてない。

「残りも突っ込めッ!!」

カシラの怒号により後詰が投入される。

「ひゃっはあ！」「殺《や》ったるぜえ！」

気合十分で突っ込んでいく後詰たちだったが、ガラコと名乗った剛力の戦士を見ると進行方向を変えた。布の分を含めても明らかに細身であろう相手に突き進みなおす。そちらの方が殴り合うならまだマシだって判断なんだろう。

あちらの戦いは満席だって考えていいな。

現状他の賊にマークされていない、フリーになっている杖持ちへと進む。

同じ考えの賊仲間も二人いた。顔は知っているが名前は知らない。

「《炎よ、踊れ！》」

フードくんの言葉と共にオレたちに向けた杖の先から炎の球が飛ぶ。それが賊に命中するや否《いな》や爆発炎上。なるほど。やっぱり魔術士か。言葉の終わり際に攻撃の到来に気がついたオレはすんでのところで回避に成功している。

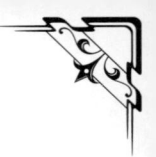

魔術士ってのはざっくり言えば、過程を経ずに結果を持ち込むことができる能力——魔術を扱える手合だ。

相手を火だるまにするために火と油を用意して投げつけたりしなくとも、言葉を唱えるだけで、目的に応じた結果を引き出すことができる。

代価として『インク』と呼ばれるエネルギーを消費する。インクがなにかはわからん。一説にゃ世界を構成している根源であったり、命そのものであったり、あるいは食べたり飲んだりするときに得られる元気であるとか言われているが、あいにくと賊仲間に魔術士がいることは極めて稀《まれ》で、その稀な機会ってのには今のところ恵まれていない。

言葉とそのインクを接続することで結果だけを発揮しているってのは知っている。

似たようなものには『請願《せいがん》』ってヤツもあるんだが、ちょっと説明している暇はなさそうだ。

「《炎よ、踊れ！》」

もう一人も炎上してしまう。オレは再びの回避。そして成功。

「《炎よ——》」

景気よく爆発炎上してやるわけにもいかない。

掌中《しょうちゅう》に隠し持った砂を顔面めがけて投げつける。

お相手が魔術を頼りにするように、オレにも頼りにしているものがある。

技巧《ぎこう》と呼ばれるこの身に備わった力。オレが持つのは『投擲《とうてき》』の技巧だ。ものを投げることに特化した投擲の技巧は、投げつけるものなら砂であろうと石であろうと思ったとおりに投げつけることができる。

いつ、どのように、どんな形で投げりゃいいかの計算なんかも技巧のお陰かスイスイ答えを得ることができるぜ。便利だろ？

相手が魔術を行使する上で必要な手続き《詠唱》を行うとき、一区切りの際に呼吸をしていることは確認済みだ。

だからこそ、そこに合わせて投げる。息を吸い込む瞬間を狙ったのだ。

そうすれば喉めがけて細かい砂が入り込む。狙い通りに咳き込む相手。

爆発炎上して死んだ賊仲間が持っていた短剣を走りながら拾って、咳き込んでいる魔術士を押し倒す。

こうなれば殺すに十分な距離。逃げられもしない。さらに言えば魔術士の仲間が来たとしても人質にできる可能性もある。

あらゆる面で彼ら一党『詰み』の状況に持っていける最適解《ファイナルアンサー》。

「こほっ、けほっ……あっ」

転がし、短剣を喉元に突きつけると同時に冒険者の被っていたフードが外れる。

それは怯《おび》えの色が広がる少女の顔。

ああ、くそっ。ただの向こう見ずで跳ねっ返りのガキンチョじゃなかったのかよ。こんな相手を盾にできるか。周囲の乱戦に巻き込まれて短剣が突き立つ可能性もある。短剣を納めたいが、それも不自然な気がして偶然手から短剣を取りこぼしたってことにしよう。

「シィィッ！」

後ろから軋《きし》むような、気合の一声。オレが短剣を投げ捨てると同時だった。その瞬間に何かが首を通る。

文字通り、通過した。

ああ。刃物だ。それがどんなものかまではわからない。

わかることはそれと、オレの命があっさりと断ち切られたって感触だけ。

彼女を盾にするなり、予定通りにいきゃあ生き延びたかもしれない。

けど、賊の命一つと年端《としは》もいかない魔術士の少女の命とじゃあ釣り合いなんて取れるわけもない。

わかってるさ。

冒険者をやってるんだ。殺し殺されの稼業だろってことくらい。

だとしても、オレは諦めることを選んじまった。後味の悪いのはごめんだ。

ここで終わりだったなら別だ。命を惜しんで無様な姿を見せまくって足掻《あが》くかもしれない。でも、終わりじゃない。

終わりじゃないなら、これでいい。

×××

「大丈夫でゴザルか？」

「すまない。前線が抜かれるなど戦士として失格だ……！」

「う、ううん。大丈夫。口の中に砂が入ったくらいで」

そう言いながら彼女は転がっている賊の死体に目をやる。

「どうして私を……」

片手には握っていたはずの短剣が離れたところに転がっていた。

まるで意図的に投げ捨てたかのように。魔術士の少女レティにはその短剣はまるで、彼女が自分の命を投げ捨てた象徴のように見えた。

「私を殺さなかったんだろう……」

その問いに答えるものはいない。

都市から逸《はぐ》れたものたちの多くはその心を荒廃させている。

資産と命を奪おうとする賊たちが他人の命を蹂躙《じゅうりん》するからこそ、冒険者はそうしたものたちを狩る。

いっときの平穏を買うために力なき人々は冒険者を頼りとする。

奪い合うことが常であるはずの無秩序《むちつじょ》の大地にあって、その賊の行動は異質であり、異常であった。だが、その答えを返すものの命は既にそこにはない。

【継暦2年　夏／9】

よっす。

甘ちゃんなことをして殺されたオレだぜ。

お陰さんで寝覚めは快適。

寝覚めなんて気にするならなんでいつもいつも賊《ぞく》なんてやってるのかと疑問に思うかもしれないが、こいつにはちゃんとした理由があるんだぜ。

いや、ちゃんとはしてないかな……。まあ、とにかくオレなりの見地ってのがある。

賊ってのは弱い。今までの戦いを思い出してくれればわかると思うが、とにかく弱い。

そりゃあ何の訓練もしていなければ、オツムの出来が悪いから強くなる要素がない。

栄養も足りてないから体力もない。武器は手入れとかそういう問題以前の場合もある。

賊槍《木の枝》なんてのが最たる例だろう。

しかし、それでも人々にとって賊は脅威《きょうい》だ。

何故そんな貧弱な連中が脅威なのかっていうと、ひとえにその数が脅威になっている。

三人で囲めばトーシロでもベテランを殺す……ってのは例え話にすぎないが、それでも数で勝っていれば格上を食えることは少なくない。

数。

そう、数こそが賊の武器だ。

数が多ければ得られるもの《アガリ》もデカい。

だからこそ賊は数を誇る。

賊世間じゃあ手下の数を揃えるのはカシラとしてのステータスだと言われたりする。

そして手下の数の減少はそのまま賊としての力と格の低下に直結する。だからこそ賊ってのはその群れから離反するやつを許さない。逃げられるくらいならぶっ殺す。

逃げても殺されるなら無駄なあがきをせずに賊を続けようと思わせることで統率力を高めるってわけだ。強いられた立場でもあるが、割と楽しくもあるんだ、賊ってのも。時々行われるえげつない行為はよろしかないが。

×××

さて、今回はどうかというと、えげつなくはない。見たところはだが。

そこそこの高さを誇る洞窟。

広さも悪くない。大の大人が二十人程度集まっていても余裕がある。

全員が大の字で寝ても倍以上の広さが余るほどだ。

おそらくはゴブリン辺りが根城にしていたのだろう。

元の家主《ゴブリン》はきっと冒険者あたりに討伐《とうばつ》されたんだろうな。

この手の居抜き物件を利用するのは賊にはよくあることだ。

二十人程度の賊はそれぞれが楽しく過ごしている。

酒を呑《の》み、どこぞから奪ってきたであろう食料を肴《アテ》にしている。

「非定期の馬車を襲っただけでここまで稼げるとはよお！　流石《さすが》はカシラだぜえ！」

「食いっぱぐれねえで済みそうだな、今回はよお」

「げへへっ、違えねえ！」

オレは死ぬ度に目を覚まし、その度に肉体は別の人間のものになる。

もしかしたら肉体の本来の持ち主《もぬし》ってのが存在しているのかもしれず、他人からしてみれば性格も豹変《ひょうへん》しているのかもしれないが、賊も隣にいるやつが誰かなんて気にしないから気が付かれることもない。

オレはこの蘇り《よみがえ》を復活《リスポーン》と呼んじゃあいるものの、復活なのか憑依《ひょうい》なのか、それともまた別の何かなのかまではわかっていなかった。

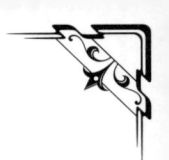

どうあれ、自分の状況に興味が強くあるわけでもない。

なにせオレは十回ほどくたばると記憶がリセットされてしまう。

述懐《じゅっかい》しているオレの挨拶をしているのは、その回数をカウントするためにやっている。

……ということをやれるあたり、リセットされると記憶がまっさらの赤ちゃん同然になってしまうってわけじゃあない。

記憶を引き継いでいるのかまではわからないが、重要なことはリセットが発生しても覚えているようだ。

投擲《とうてき》の技巧《ぎこう》のことなんかもそこに該当《がいとう》する。諸々に関する風俗や知識なんかがあるのもそうなのだろう。

ともかく、オレがこの状況で胡乱《うろん》がられたりはしない。

肉体が持つ記憶を読むことで状況はある程度理解できる。

駆け出し冒険者と時折来る馬車を襲うことで生計を立て、名声を稼ぎ、組織を大きくしているのがここのカシラ。

今回のここの騒ぎも馬車で稼げたからこそのもの。

カシラはどうやら捕らえた商人のところにいるらしい。

次の襲撃計画のための情報収集ってところか。

ここでやいのやいのと騒いでいるよりそちらのほうが今後に影響するような情報を得ら

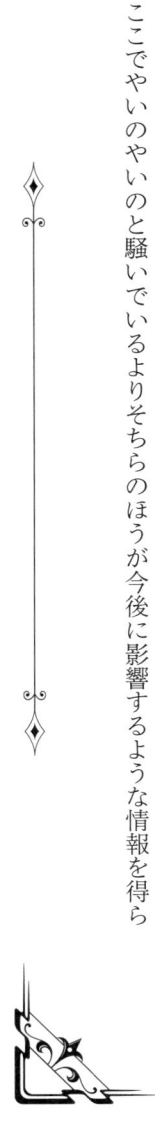

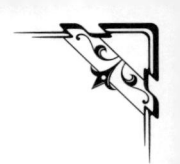

れるかもしれない。
顔を出してみるとするか。

✘✘✘

洞窟は大部屋から放射状に幾《いく》つかの部屋が存在している。

そのうちの一つは牢屋代わりに使っており、カシラは定期的に捕らえた連中を突っ込んでいる。

ほとんどの場合はナメたことを口に出して殺されるか、『お楽しみ』の果てに殺されるか、時折賊になるやつもいたりもする。

「ああ？　ナメたこと言ってんじゃねえ！　お前らを助けにどうして冒険者が来るってんだ？　笑わせんな！」

カシラの怒号。

その後に聞こえてくるのは商人のものだった。

「わ、私は商人としての身分を偽っているが、今は違う。トランキリカでそれなりの地位にいる。急ぎ戻らねばならない道中でお前たちは私を捕まえた。捕まえてしまったのだ」

恨《うら》み言《ごと》になりそうだと判断したのか、それより先の言葉を一度飲み下し、彼が続ける。

「今頃トランキリカでは私を探すための冒険者が手配されているはず。私さえ戻ればそのようなことにはならない、荷物を返せとも言わん、解放してくれればそれでいい！　どうか見逃してくれ！」

「それなりの地位の人間が商人にバケてたあ？　なるほどなあ。だからテメエの荷物はアレだけ豪華だったたってわけか。そりゃいい！　お前をダシにすりゃもう少しウマい思いができるってわけだな！」

説得失敗。

「トランキリカなんてここからご近所たあ言えねえ距離だ。冒険者が手配されて探しに来るっつってても今日明日の話じゃねえだろ？」

冒険者が来るにしても迎撃の準備は万端に整えられるだろう。

弱い冒険者ならカモだし、強くとも準備さえ整えれば返り討ちにできる目はある。

後者であれば持っている装備なんかは上等なものも多く、金に換えやすいらしい。

つまりはこの男を捕らえているだけで楽に稼がせてもらえる……と、カシラは能天気に考えているようだった。

しかし、オレは腕っぷしの良い冒険者にやられ続けているので迎撃の策なんて用意したところで賊が勝てるとも思えなかった。

無鉄砲で向こう見ずなのが命の安さの所以《ゆえん》。

生きることの大切さを賊に語っても仕方なかろうし、復活《リスポーン》するオレが語れることもない。

「そうなりゃ準備しねえとな。オイ、そこの！」

「オレですかい」

「お前しかいねえだろ！　こいつを見とけ！」

見張り番に任ぜられた。

他の連中は見張りを命令されるのがわかっていたからこそ牢屋には近づかない。折角の酒とごちそうから自ら離れる真似は誰もしたくないってわけだ。

が、オレにとってそれは好都合だった。

賊と話しても楽しい情報はあまり得られないが、外の世界を歩く連中からは色々と得られるものも多い。

そこに賊から抜け出すヒントがあったりする可能性だってある。賊として生きるのも悪くはないが、機会があるなら別だ。偶《たま》には賊以外の別の生き方をしてみたい。

カシラが部屋から出ていく。

オレは腐りかけたイスに腰掛けて、囚《とら》われの偽装商人氏を見やる。

下っ端賊なんぞに話すことはないと思っていたのだろう、ここからどうすれば出られるか――いや、どうすれば殺されずに済むのかを必死に考えているようだった。

彼が透明にでもなれない限り逃亡はできないだろう。出口に向かうにはあの大部屋を通る必要があり、大人数が控えているあそこを通れば逃亡が露見しないわけがない。

……表向きは、そうだ。

実は各部屋には外気を取り入れるために作られたのか、それとも自然発生的にできたのか、小さな抜け道が幾つもある。

直接外に接続されたそれを気にするものは賊の中でもほとんどいない。

この肉体は元々オレと同じ賊から足抜けでもしたかったのか、それとも群れが潰れたときに逃げる算段を整えていたのか、そうした逃げ道の知識が豊富にあった。

オレはやろうと思えば彼を逃がすことができる。

それを実行するかは相手の態度次第。性格が悪いって？　賊なもんでね。

「よう、商人さん。困ってるみてえだな」

「……ああ」

観念したように彼は頷《うなず》いた。

たとえ下っ端の賊だとしても、藁《わら》より摑《つか》むに頼りないものでも何も無いよりマシと考えたのだろう。

「見ての通り、君の親分に捕らえられてしまってね」

「トランキリカのお偉いさんなのかい、アンタ」

オレの問いに対して答えるべきか悩み、しかし、隠さず話したほうが状況に変化があるかもしれない。藁未満だとしても掴んだのならとことん、と考えたのだろう。

彼は微《かす》かに逡巡《しゅんじゅん》を見せたものの、返答した。

「次の領主になる予定なんだ。今までは兄上が領主をなさっていたが体調が悪化し、国元を離れていた私に声が掛かったのさ」

「体調が悪化？　というか、跡取りはどうしたんだよ。こういうのって領主の子が引き継ぐもんだろ？」

「その悪化の原因が心因性のものなんだ。跡取りを失ったことが強く影響している」

彼の話によれば統一国家になりそうだった強大な王国であるカルザハリが倒れ、今じゃそこかしこで覇権を得ようとする連中のお陰であちこちで戦争が起こっている。

この辺りはちょいと前まで存在していたカルザハリ王国、その首都から見てだいぶ東北の方にある土地だが、そんな場所だって戦乱の影響は大きく受けている。

恐らくトランキリカの領主はそのドタバタで家族を失ったんだろう。

「で、後を継ぐのために……って、なんで商人なんかに扮してたんだ？」

「このご時世だ、あからさまに貴族ですなんて顔で歩くことほど愚かなこともあるまいよ。それに扮していたというわけでもないんだ。つい先日までは本当に商人として身を立てていた」

彼曰《いわ》く、故郷の騎士たちに守られていないのは彼が遠方から来たことに加え、トランキ

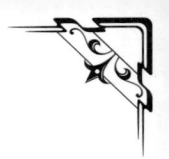

リカ内部がドタバタとしていてそれどころではないから。

騎士ではないが、雇い上げた護衛はいたが、そのいずれもがオレら賊に殺されてしまった、とのことだった。

いやあ、覚えはありませんが申し訳ない。

「未来の領主様が無防備無計画はいけねえなあ」

「返す言葉もない。だが、急がねば兄上が築き上げたトランキリカが他領に侵されてしまいかねないのだ。兄の人生そのものであるトランキリカを私は守りたい」

「兄想いなんだな」

「自慢の兄だったのだよ、私が商人を志《こころざ》したいというのを後押ししてくれたのは彼だった。自由に憧れた私と兄上だった。その憧れを私に託してくれたのが兄上でね」

声の音色は優しさと哀愁《あいしゅう》。

賊に囚われてなお、そうした感情が溢《あふ》れ出《だ》すってのは心の底から兄貴を愛してたってわけか。

……大切なもの、か。

「だが、君の言う通りだ。無防備無計画のツケがこれだよ」

「まったく、領主になったらそこは直せよな」

オレは腰に吊《つ》っている手斧《ておの》を取り出すと錠に向けて振り下ろす。

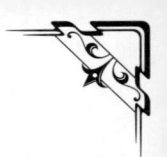

こういうのは腕力じゃなくてコツだ。賊をやってるとどうやって錠を壊せばいいかが身についてくる。

本格的で頑丈《がんじょう》そうなものでもない、古ぼけた錠ならコイツであっさりと割れる。

大きな音も鳴ったりしない。仮に多少鳴ったところで――

「ぎゃははッ！　脱ぐなよ気持ちワリー！」

「俺のほうがデケエ！」「ひゃはははは！」

あの乱痴気騒《らんちきさわ》ぎだ、破壊する音が聞こえたりするわけもない。

一方で未来の領主様はぽかんとしていた。

助けてほしいとは思っていたが、何のメリットも提示していないのに実行したことに混乱しているようだった。

「顔を上に向けてみ。空間が続いてるだろ？　凹凸《おうとつ》も多いから登るのは簡単。あっさり外に出られるはずだ。そこから先は道がある。半日も歩けば街があるはずだ。賊じゃあ入れないが、アンタなら大丈夫だろ？　……って、なんだ。こっから出たいんじゃなかったのかい」

「い、いや。無論出たい。助かった。しかし君に何の利益がある？　逃がせば頭領にひどい目に遭わせられるだろうに」

なんでかと言われると、難しい。

殴り合いで殺し殺されってのがあるのはわかる。こんな時代だ、許容もする。

だけど牢に繋いでどうこうってのは気分が良くない。

とどのつまり、オレは気分が良くないことが嫌いなのだ。

賊だって、可能なら足を洗いたい。それをしたところでカシラなり輩《やから》なりに殺されるのが目に見えているからしないだけで。

復活《リスポーン》があっても死ぬって状況に至るまでは大体、文字通り死ぬほど痛い。

望んで死にたくはない。

「どうしてかはわからない。ただ、冒険者だったら困っている人間を助けるんじゃないかって妄想に囚われてる」

「冒険者だったら？」

「なんでだろうな。冒険者って存在に憧れがあるんだ。それも寝物語に出てくるような」

「助けたいと思ったものを助け、自らが定めた敵と戦い、自らの道を征《ゆ》く英雄。確かに私も幼い頃に読み聞かされた覚えがある」

「幼稚な話かもしれないけど、憧れってのは理由には十分だろ？　さあ、さっさと行きなよ。カシラの気分が変わってこっちに来たらオレもアンタもオシマイだ」

こくりと頷くと提示された天井からの脱出路へと進む。

「私の名はトランキリカ伯爵家《はくしやくけ》のリゼルカ。この恩義、末代まで忘れることはない」

「末代になるまでにはトランキリカに顔を出してチヤホヤしてもらうことにするよ」

一人で領地に戻ろうとするガッツの持ち主だ。

そこらのお貴族様であれば嫌がるハードな脱出路もすいすいと登って、すぐに見えなくなった。

オレも一緒に逃げ出してもよかったんだが、時間稼ぎはすればするほど彼のためになるだろう。

腐りかけたイスに座り、寝たふりでもしておくか。いや、本当に寝ちまってもいいな。

×××

ぱあんと派手な音を立ててぶん殴られ、イスから転がり落ちるのはオレ。

「誰が寝てろっつったよ！　逃げられているじゃねえか！」

「ええ、いやあ……先程までいたんですけどねえ」

そりゃあそうだよな。眠っている間に逃げられたってならそりゃあ怒る。

蠟燭《ろうそく》の減り具合からあれから数時間は経《た》っている。

酒を呑んで一眠りして、暇だから顔を出しに来たってところか。

「てめえ、見張りの仕事もできねえってのか」

帯《お》びている剣に手が伸びるのが見えた。ただで殺されるのもシャクってもんだ。偶には賊同士で殴り合うってのも悪くない。

カシラの剣が抜かれると同時にオレも腰に吊るしている手斧を抜き払おうとする。

速かったのはカシラの一撃だった。抜く前に首が刈《か》られたのがわかった。

だが、時折いるんだよな。なんで賊なんてやってんだってくらい腕の立つヤツ。

オレは死に、しかし時間も十分に稼げてはいる。

きっと未来の領主様は上手くやるだろう。この身に宿った軽い命にしては、いい買い物ができたんじゃなかろうか。

✕✕✕

「クソが、この役立たずめ。折角の金づる、逃がすわけにはいかねえぞ。オイ！　追いかける準備を」

「カシラぁ！　ぼ、冒険者が来やがりました！」

「逃げた奴がもう呼んだのか？　いや、まさかな。ってことは、偶然現れたってことか……!?　クソッ、運がねえ！」

忌々《いまいま》しげに舌打ちを鳴らして、カシラはすぐに防衛の準備を命じる。

いかに彼が優れた腕前を持とうとも、賊の巣に殴り込みに来るような冒険者相手では分が悪い。

迎撃準備も整っていない、多くの手下は呑んだくれたまま。

現れたのは次期領主を救いに来たのではなく、目についた賊の巣を潰して日銭を稼ぎに来た冒険者。

因果は巡る。

他者を食いものにする手合は、より強い捕食者の餌食《えじき》になる。

それが今の世界の習いであり、この賊たちが完全に討伐されるまで一時間と掛からなかった。

正章

HYAKUMANKAI
WA SHINDA
ZAKO

【継暦150年　春／0】

えー……っと。

よっす。

盗賊《とうぞく》でも山賊でもない、ただの賊。それがオレだぜ。

ん……。どうにも記憶が曖昧《あいまい》だな。ってことは、なるほど。周回《サイクル》にリセットが掛かったのかね。

オレは死んでも目を覚ますが、記憶が引き継がれるのは十回死ぬまで。

全てを忘れて赤ちゃん同然になるわけじゃあないが、よっぽど大切なことでもない限りは覚えちゃいない。気分が切り替わってちょうどいいさね。

前のオレはどんなろくでもない賊生を歩んだのやら。

いやいや、物思いに耽《ふけ》る前に現状の確認だけしておくか。

どうやら何かしらの戦いの後って感じだな。多くの賊は死んでいるが、少なくともオレは生きている。怪我《けが》もない。上手い具合に死んだふりができたのかね。

生き残りも少しはいるようだが半死半生で、そうした手合は自分の命が無事であることと、カシラが睨《にら》みを利かせていないことを確認すると散り散りに逃げ出し始めた。

オレもそれに倣《なら》って逃げ出そうとする。逃げた先がどこにしろ、街道沿いで誰かを襲うよりかはマシな生き方ができるだろう。

肉体の記憶からすると冒険者を狙って、返り討ちにあったらしい。

とはいえ、相手は一騎当千の手合ではなかったようで、勝てるかもしれない程度には拮《きっ》抗《こう》していたらしい。ただ、結果は賊たちの敗北。カシラもまた激闘の果てに死んだ。

「ぐ、う……」

街道から離れようとしたときにうめき声が聞こえた。

折り重なった死体の近く。カシラの死体の傍《かたわ》ら。それは冒険者のものだった。年若い少年だ。

見て見ぬふりをするか。トドメをくれてやるか。

「マリィ……ごめんよ……」

恋人か、家族か。まだ声変わりを迎えていない細い声で懺悔《ざんげ》するように。

トドメをくれてやるってのは無理だ。……あー、見て見ぬふりもやっぱり無理だ。

後味の悪いことはできねえよ。どうせ死んで生きてを繰り返すのにあのときこうすりゃ

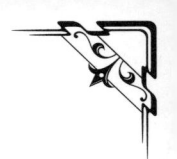

よかったなんてのを抱えて生き繰り返すのはごめんだ。

少年の近くに寄る。傷はある。致命傷というほど深いものじゃない。だが、傷跡が妙な色に変わっている。知識がないわけじゃない。こういうのは毒だ。ただ、賊が抽出《ちゅうしゅつ》できるものなんてのはタカが知れている以上、お手製のものではなかろう。

何かの拍子で手に入れた毒が使われた。で、そういう特別な一品を使うのはいつだってカシラだ。手下にそうしたものを持たせるほど広い度量を持つカシラは多くない。

毒だけを入手した可能性は勿論《もちろん》あるが、毒を使う以上は解毒薬も一緒に持っていそうなものではある。

カシラの懐《ふところ》に手をいれると薬瓶が五つ出てきた。一つは中身が殆どない瓶。ラベルにはドクロが描かれている。見るからに毒だ。残りの四つの内、一つはドクロが割れている様子が描かれたラベル。残り三つはどれも同じ瓶で、掌《てのひら》に拳を打ち付けているような様子がラベルに描かれている。素直に取れば気力が充実するとかそういう感じだろうか。傷薬の類《たぐい》なら包帯とか縫合とかのラベルにするのではなかろうかとも思う。オレには薬学知識なんて高尚なものはないが、ちゃんぽんするのはよろしくないことくらいはわかる。一番確率が高そうなものに賭けてみるべきだろう。オレはドクロが割れているラベルの瓶を摑《つか》む。

「おい、坊主。口開けろ、薬だ」

「う……ぁ」

力なく従って口を小さく開いた。

半分以上は飲ませて、残りはとりあえず傷口に塗布《とふ》しておいた。

これで駄目なら次だが、効果はすぐに表れた。悪かった顔色もヤバい色になっていた傷口もひとまずは一般的な範囲のものになった。

彼が起きる前に汚れが少なそうな布を見繕《みつくろ》って傷口に当てておいた。傷を塞《ふさ》ぐ用途で布を当てても不衛生な布だと悪化させるって知識はあるんだ。

不衛生さが死因になったことでもあるのか、オレの知識は誰かに教えられたものというよりも体験から得たものが多いという認識がある。貴族様のように学ぶ機会があれば一般的な常識である衛生、不衛生の観念ってやつも賊が持っているのはそれなりに珍しいのさ。

「……あ、あなたは」

「誰でもいいだろ。いきなり動くなよ、傷口を何とかできたわけじゃない。血が止まってるのは坊主の日頃の行いが良いか、もしくは頑丈《がんじょう》さだ。ゆっくりだ。ゆっくり立ち上がれ」

こくりと頷《うなず》き、そのようにして立ち上がる。

淡いが、光り輝くようなものとも違う、薄い黄土色の髪の毛。

顔立ちもはっきりとしていて、金になりそうな美貌《びぼう》といえば、確かにそうだ。カシラの需要狙い説が高まるね。

彼は自分の武器を探して視線を動かしている。その先にあった剣をオレは掴むと彼の代わりに拾い、鞘《さや》に納めてやった。

「帰る場所があるんだろ？」

こくりと頷く。

「途中までは送ってやるよ」

「どうして？」

当然の質問ではあるよな。こっちは賊で、殺し合いをした間柄ではあろうから。

賊のくせに人助けをする理由としちゃあ弱いかもしれないが、思ったことを口にするのも内心の整理には役に立つか。

「冒険者に憧れがあるのさ。誰かを助けるイカした冒険者にさ」

「それが僕を助ける理由になるのですか？」

「冒険者が誰かを護衛をするってのは普通のことだろ」

つまりはごっこ遊びをしたいんだと告げる。冒険者になるのは簡単ではない。冒険者になるためには資格が必要であり、その資格を発行してくれる場所は都市にしか存在しない。都市の内部に入るのは簡単なことじゃない。賊が冒険者になるってのは天地がひっくり返るような幸運が必要であり、基本的にその幸運ってのはオレとは縁遠いシロモノだ。

「賊が冒険者になるのは難しい。だから坊主でその憧れってやつを満たそうかなって思っ

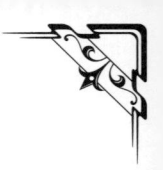

ただけさ。趣味の範疇《はんちゅう》のことだから報酬は要らないぜ。ああ、この場合は付き合わせているオレが報酬を出すべきなのかね」

視線からは疑いの色は感じない。信じるに値するかはさておいても、そこらの賊とは少し違う、ヘンテコな賊であることは伝わったようだ。

「オレはさ、冒険者になりたいんだよ。かっこいい冒険者にな」

「誰もがかっこいい冒険者なわけではないと思いますよ。僕だってあなたがいなければマリィを……妹を置いて死んでしまっていたでしょうし。大切な人を残して死ぬなんて、かっこいいことではないでしょう」

そりゃあ一理あるが、生きていくためには金が必要だ。食い扶持《くぶち》を稼ぐ必要は誰にだってあるわけで、この時代それは命懸けだ。

「坊主はなんで冒険者になったんだ？」

「妹を育てるためです。故郷の都市で生きにくくなってしまったから」

「かっこいいじゃん。妹のために危険な仕事を選べるなんて、十分にかっこいいぜ」

恥ずかしそうに、しかし自らが選んだ仕事が褒められたことを喜ぶように、彼は頷く。

「かっこいい先輩に道すがら冒険者について教えてもらいたい、ってのも理由に加えられそうだな。オレが出せる報酬は道中の世話くらいだが、どうだい」

「それは……、ええ。わかりました。是非お願いします」

実際、怪我をしている上に体力もごっそりと減っているだろうことを考えれば側《そば》に一人いるってのはだいぶ楽だろう。それもあってか、彼は共に行くことを承知してくれた。

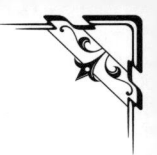

×××

血を流し、毒を受けた身では長時間歩き通すのは難しい。

路々《みちみち》で存在する廃村だったり、廃屋だったりを利用して休息を取りつつ進む。

「故郷が住みにくくなったとか言ってたけど、どこなんだ？」

オレはあえて名前を聞かなかった。どうせ短い付き合いになる。別れが辛《つら》くなるようなことは極力避けるべきだってのがオレの生き方だ。寂しいヤツだって言ってくれるなよな。

「ツイクノクという都市です。最近は特に人材商の動きが活発で」

人材商、まあつまりは人を売り買いするロクデナシどもか。

「妹にしろお前さんにしろ、狙われることになりそうだから逃げ出したってわけか」

彼の名前はエリュク。坊主と呼んでいたがそう呼ばれるほど子供ではないです、と名を教えてくれた。

「まとまったお金になると言われて受けた仕事をこなした帰り道に襲われてしまって」

「で、今に至るってわけか」

カシラが持っていた薬は道中こっそりとオレ自身の体で効能を試していた。と言っても、明らかに毒であろう残り少ないものは試してない。解毒薬風のは風ではなく解毒薬だった。残りの同じラベルのものをそれぞれ少しずつ使ってみたのだ。それは気力を奮い立たせるもののようで少量であっても肉体の疲れを少し忘れさせてくれた。それに幾《いく》ばくか傷を癒やす力もあると思えた。

その水薬《ポーション》の効能を説明し、エリュクが使用に頷いたので水薬は彼に投薬した。

そのお陰でエリュクの体も心も帰路へと進む力は得られたものの、道中の休息が不要なほどになるわけではなかったので今に至る。

「本当はエンヘリカに居を構えたかったんですけど、少し戦争の気配といいますか、噂もあってウログマに住むことにしました」

ウログマはエンヘリカから西南の辺りにある商業都市だ。冒険者の仕事が多く、安定している……とは知識にあるが、それがいつの知識かまではわからん。

ただ、彼がきな臭いエンヘリカではなくウログマを選んだということはそう古い情報でもないのかもな。

「もう少し進めば大きな交易路にぶつかりますから、そこまで行けば乗合馬車に途中で拾ってもらえるかもしれません。あなたは、ええと……」

名前を聞きたげではある。オレが問わないことを理解はしてくれているが、それはそれってことか。

ううむ。名前かあ。名付けは不得意な分野だ。視線を不自然にならない程度に動かして名前のヒントになりそうなものを探す。廃屋に転がっていたのは『糖蜜酒《ラムズ》』と呼ばれる酒の空き瓶くらい。

ラベルにはその前に何かが書かれていそうではあったものの、薄汚れて判別が付いたのはグの文字くらい。目についたのがそれならば、そのまま参考にすればいいか。安直だが、今までもそうして名付けていたんだろうしな、オレがオレである以上は。

「グラムだ」

「グラムさん、一緒にウログマに来ませんか？」

「手形も身分を示すものもないんでな、オレのことは気にすんな」

「気にしますよ！　恩人なんです、あなたは。なんとしてでも都市に入れるよう説得しますから」

「あーあー、わかったよ。もしも入れたら泣いて喜ぶからな。オレの嬉しさにビビるなよな」

確かにエリュクと共に都市に入り、冒険者になれたら最高だろうな。

冒険者になるってのはオレの夢だ。ウログマであればそれも叶えられるかもしれない。

そんな夢を抱きながら、休むことにした。

×××

「運がねえなあ」

オレは苦笑いを浮かべるしかなかった。

人様を襲うことで暮らしている賊ってのは人通りの多い街道などを嫌う。そんなところじゃ仕事にならないからだ。そうした安全圏とも言える場所まであと少し。ゴールを目前にして、オレたちは賊の襲撃を受けていた。

「ようやく見つけたぜえ！　オレの賊兄弟を殺しやがった冒険者はテメエだなあ！」

本当に運がない。他の道であったなら、休む時間が少しでも長かったなら、この状況にはならなかっただろう。エリュクは忌々《いまいま》しげに表情を歪《ゆが》め、剣の柄《つか》に手を触れる。

「ガキは人材商行き、そっちのチンピラはここでミンチになるまでコイツでぶっ叩いてやるからなあ！」

威圧のつもりか、ぶん、と無骨な棍棒《こんぼう》を振るう賊のカシラ。

オレはそれを尻目にエリュクに耳打ちをする。

「ここはオレが何とかする。ここから走って逃げろ。賊が追いかけてきているってことは、このあたりには他にナワバリにする賊がいねえってことだからな」

賊ってのはナワバリ意識が強い。自分の庭に他の賊が入ってくると賊同士で殺し合いになるほどに。

なのでカシラやそれを補佐する立場の賊は周辺の賊に関しての情報を常に仕入れている。

頭に血が上っていたとしてもナワバリを侵害してまで追いかけることはしないだろう。

圧倒的な力を持っている賊ならナワバリを無視してでも追いかけてきそうだが、少なくともオレたちの眼前にいる賊はそんなツワモノには見えない。であれば、必死に逃げた先に別の賊が網を張っていました、とはならないはずだ。

ただ、ここでオレとエリュクが二人で戦って勝てるようなヌルい相手でもないだろう。

冒険者《エリュク》が万全なら勝機もあったかもしれないが、体力が戻りきっていない彼を頼るわけにはいかない。

彼は逃げろという提案に「ですが」と何か言いたげに。

「妹さんのことだけを考えろ。いいな？」

こう言われちゃ逃げる以外に選択肢を取れないだろ？　ズルい言い方だなと我ながら思う。だが、こんなところで死なれちゃあ助けた甲斐《かい》ってものがない。

オレは謝罪をするようにして頭を下げる。……フリをして石を幾つか拾う。

「オッホエ！」

姿勢を戻すと同時に近くにいた賊の顔面に叩きつける。クリーンヒットだ。

「行けッ!!」

オレの怒号と共に駆け出すエリュク。

「待ちやが――ぐぎゃッ」

カシラが背を向けたエリュクへと向かおうとするのに対してオレは投擲《とうてき》の技巧《ぎこう》で阻害する。

「オッホエッ！」

気合と共に擲《なげう》つ一石が空を裂いてカシラへとぶち当たる。クリーンなんてもんじゃない。致命的成功《クリティカルヒット》と言って差し支えない一撃だ。

顔面から大量に出血しながら、棍棒を振るう。出血量から見てもエリュクを追うだけの体力は残らないだろう。

手下の賊は一人が即死、もう一人の被害者となったカシラも痛手を受けている状況に腰が引けている。

その後もオレは時間を稼ぎに稼いだが、最後にはカシラの一撃で叩き潰されて死んだ。

後味の悪くない選択肢は取れた。

エリュクが無事に妹のところに辿《たど》り着《つ》けたか、オレは祈るくらいしかできない。

×××

ウログマ。

商業都市として周辺にも名を響かせ、人々の往来が途切れることはない。

行商の馬車に乗せてもらえたのは首に下げていた冒険者ギルドの認識票《タグ》による信頼から来るものだった。

この認識票《タグ》は特別な加工によって他者が奪って首から下げるなりするとひどく曇るようになっており、信頼の裏打ちになっている。

へとへとになりながらも、家の扉を開けることができたことに強い感謝を思う。

「お兄様！　おかえりになられたのですね！」

跳ねるように兄を出迎えたのは最愛の妹。両親を事件で失ってからは二人きりの家族である。この混迷の時代に親が殺されることは珍しいことではない。むしろ妹が残っているだけ幸福だとすら言えた。

「お兄様……？」

「ただいま。……マリィ」

ひどい疲労感と強い安堵《あんど》。生きていることに感謝をする。ただ、何があったかを妹に伝えることはできないと彼は考えていた。死にかけたことは伝えることはできない。妹を心配させるだけだからだ。

「お仕事で、何かあったのですね」

しかし、妹は聡明であった。兄に何かがあったことを察し、しかしそれが悪いことばかりではないことを理解して、

「教えて下さい、お兄様」

有無を言わせない言葉。自分は兄の奮闘によって生かされている。いつかその恩義を返すことを望んでいても、今できることは多くはない。できることは彼にあったことを語らせて、心の重荷を少しでも軽減する努力だけだと彼女は考えている。

「助けられたんだ。……敵だったはずの人。でもその人は――」

彼はここ数日であったことを包み隠さず語る。話してくれと妹に言われた以上は隠すようなことはしない。

「そうなのですね……。お兄様。では、これからはお兄様を救ってくださった方の名前をお食事のときに祈りましょう」

せめて感謝を忘れないように。あったことの全てを知ることができずともそうすることで兄の心の側にあれるなら。妹の提案に彼も頷く。

「ああ。これからは祈ろう。その人の名前はグラム。粗野な外見とは裏腹に、優しくて素

敵な人だったよ」

「グラム様。トランキリカ英雄物語に登場する方と同じ名前なのですね。もしかしたなら、お兄様を守るためにお話から現れてくださった本当の英雄なのかもしれません」

あどけなく微笑《ほほえ》む妹を彼は抱きしめる。

エンヘリカ、リゼルカと二つに分かれた土地はかつてトランキリカと呼ばれる場所だった。今やトランキリカを大いに発展させた偉大な伯爵《はくしやく》の命を助けた英雄の名は今も像と共に伝わっている。

英雄の名はグラム。

兄妹は勿論、当の本人ですらグラムが英雄そのものであることなど知るよしもないことだった。

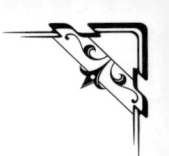

【継暦150年　春／1】

よっす。

祈りながらくたばったオレだぜ。


エリュクは無事に家に帰れただろうか。

オレが心配したところで何になるわけでもないんだがな。

今回のオレは……賊《ぞく》は賊だが、ちょっと変わったお住まいだ。

砦《とりで》だ。年代物だが機能は生きているらしい。継暦《けいれき》は乱世の時代。そこかしこで戦いがあり、領地と勢力図は塗り替わる。

最前線を守っていた砦がいつの間にか防衛拠点の意味を成さなくなることもままあることだ。

そうなった拠点は再活用の対象となる。雨露《あまつゆ》さえ凌《しの》げれば構わないって連中にとってはしっかりした造りの砦はラグジュアリーな高級物件そのもの。

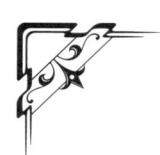

見渡せば結構な数の賊が詰めている。

「旦那から仕事が入った！　ここを通る連中は皆殺しにしろとよ‼」

胴間声《どうまごえ》で髭面《ひげづら》の大男が言う。

ここのカシラだが、旦那と呼んでいる相手がいるってことは更に上が存在することを示している。

気にならないかと言われれば気になるが、気にしていてもしょうがないのも事実。あっさり死ぬかもしれないし。

「皆殺しって、冒険者だの何だのが相手になる可能性も」

手下の一人がそのように問う。

冒険者と賊じゃあ基本的には戦力が違う。

駆け出しの冒険者なら問題はないが、それなりに経験を積んでいる相手となると一方的に蹂躙《じゅうりん》される。

才能も装備も体力も、何もかもが違う相手だからだ。

だからこそ手下は命を惜しんで質問したのだ。そしてその裏には戦いたくないって本音も見える。

誰もがそう思っているらしい。

「お前らよお、こんな砦で満足なのか？」

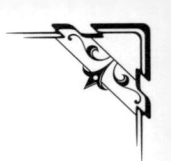

「そりゃあ洞窟に比べりゃあ……」

「バッカヤロ！　志《こころざし》が低いぞ！　男ならよお、都市だろ！　都市に拠点を構えるってのは賊の最高の夢、そうじゃねえのか！」

「そりゃあ叶わないから夢って言うんですぜ、カシラぁ」

「いいや！　旦那が上手くやりゃあ夢も叶う。既に下準備も殆《ほとん》ど完了しているって話だしな。皆殺しが下準備の最後の一押しってわけだ」

賊が顔を見合わせる。

「都市に住むなんて……伝説の王賊じゃああるまいし」

「だが、そうなりゃ俺らも王賊に、いや、その伝説を超える賊になれるってことかもだぜ」

賊に伝わる寝物語。ただ、王賊がどういったものかは賊たちの口伝によって広まり、変質しているので正しい中身は知ることができない。

ただ、それは彼らを奮い立たせるに十分な効力のある伝説である。

「そうと決まりゃあ、やりましょうぜえカシラ!!」

それぞれが武器を片手に興奮の叫びを上げていた。

そういうわけで街道へ。

冒険者と戦うってならまだしも、戦う力もない相手を手に掛けるってのはやりたくねえなあ。

×××

こういうときに限って案外、身体性能が高いってのが皮肉なもんだ。

背丈は高い。筋肉も多い。オレはその心得はないが、単純な力任せでも腰に吊《つ》っている斧《おの》を振り回せばそれなり以上の脅威を生み出せるだろう。

ここにはカシラとその取り巻きが四人。それにオレ。結構な数の連中は別の場所に伏せさせているらしい。

「カシラ、馬車が見えやした」

「よーっし。停めてこい！」

その声に取り巻きが二人、強引な手段で停めた。馬には怪我《けが》を負わせないようなやり方をしている辺り、こいつらの街道での仕事ぶりは通年営業の熟練さを感じる。

馬車から出てきたのは三人の冒険者。そのうちの一人は馬車を停めた賊を見るやいなや斬り殺した。

ここからだとあまり聞こえないが、一応の警告をして、賊が何かしら（恐らく挑発）をしたようだった。

「お前ら、行くぞ！」

取り巻きが殺されたことに怒りを顕《あら》わにしたカシラが突っ込んでいく。

攻撃を仕掛けた冒険者はカシラの突撃で殺された。

残りの二人の内、一人が杖を構える。もう一人は腰から抜いた剣を構え――……あの金髪、間違いない。エリュクだ。

無事だったかと喜ぶべきか、この状況にいるエリュクの身を案じるべきか。

いや、やることは決まっている。

「ウオオォッ!!」

オレは気合を込めて近くにいた取り巻きを一息に二人殺す。

いやあ、賊にしておくには惜しい力だ。冒険者になったってそれなりに活躍できそうだってのに、持ち腐れだな。

「な、なにしやが――」

「っるせえ!!」

残った一人にも斧を叩き込む。

さて、このままじゃあエリュクたちも混乱するだろう。一発でわかりやすい状況を作る必要がある。

「カシラ！　オレはもう街道で暴れるだけの賊なんて懲《こ》り懲《ご》りなんだよ！　オレは信念のある賊になるぜえ！」

「な、なにを言ってやがる⁉」

「オレの信念は賊狩りの賊だあッ‼」

そう叫び襲いかかる。

舌打ちをするカシラは蛮刀《ばんとう》を構え、こちらへと対応する。

体格ではオレが勝っている。あそこまでしっかりと構えを取られていると投擲《とうてき》をしても対応されるだろう。

駆け寄って斧を振り下ろす方がまだしも可能性がある。

その可能性を信じて踏み込み、斧を振り下ろす。しかし蛮刀がそれを見事にいなすとあっさりとオレは胴を割られた。

だが、ただでは死なねえ。オレを深々と切り裂く蛮刀を摑《つか》む。

「冒険者ッ！　カシラを殺せッ‼」

その声にエリュクが動き、カシラの頭を真っ二つに割った。

いい腕してるな。……もしかして、ここまで派手にオレが動かなくても対応できたのか？

どうにも弱っているエリュクしか見ていなかったせいで値踏みを間違えたのかもしれな

い。

が、まあ、いいさ。視界が暗くなっていく。怪我もなくエリュクが戦いを終えられたなら。由縁《ゆえん》のできた人間には無事に生きていてほしいと願うのは傲慢《ごうまん》だろうか。

やがて、視界は完全に消え、オレの意識もまた闇へと解《ほど》けていった。

×××

「変わった賊だったな……」

杖を持った冒険者は突如裏切りを見せた賊に端的な感想を述べる。

「どうにも、賊とは縁が生まれやすい体質のようです。そのおかげで今日も生き延びました」

エリュクの実力は決して高いわけではない。小器用に色々とこなせるが、一点突破の何かを持つわけではないため、今回のようなカシラや裏切った賊のように腕力や体格を頼みにするものに力押しでこられるとそれなり以上の苦戦をすることになる。

杖を持った冒険者と、先程殺されてしまった冒険者は臨時で組んだ一党でしかない。気心の知れた仲間がいれば小器用さを武器に立ち回る戦術を取れるが、移住してまだ日も浅い彼にそうした仲間はまだいなかった。

「変わった体質だが、そのお陰で俺も助かったわけだな。……おっと、約束のお相手が来たみたいだぞ。あっちはあっちで襲われていたみたいだな」

視線の先には騎士然とした装備の女と、聖職らしい装束《しょうぞく》の女が二人。

傷一つない。ただ、騎士が持つ剣には血が付着している。息一つ切れていない。警戒心はあるが余裕が感じられる。

エリュクは彼女たちを見て格上であることを理解した。

「お二人がギルドの言っていた」

「はい。リゼルカの諸問題を調べています」

バッグから取り出したのは割符《わりふ》。今回エリュクたちが受けたのはウログマや他の冒険者ギルドが調べている『ある都市について』の情報だった。

詳細は伏されているため彼が知るところではないが、彼女が割符を持ち、首から下げている認識票《タグ》が曇っていないこと、事前にギルドから聞いていた相手の容姿の全てが合致していたことから信じてもよい相手だと判断する。

「こちらです」

厳重に封された鞄を引き渡すと彼女は確かに、と頷《うなず》き、受取証代わりに割符を渡した。

「これからリゼルカ以東が騒がしくなるかもしれません。冒険者にとって稼ぎ時になるかもしれませんが、安定を求めるなら」

「ウログマで安全そうな仕事を受けることにします。お二人のような実力は僕にはありませんから」

「私も」

聖職は騎士をちらりと見る。

「仲間に恵まれているだけですよ。貴方《あなた》にもよき出会いがあることを祈っています」

かのようにして依頼は完了する。

エリュクは報酬を得て、ウログマへと戻る。

少年が仲間を得て、冒険者として大成するのはここで語られることではない。

【継暦150年　春／2】

よっす。

前回は恵まれた体だったオレだぜ。

そういう前があるとついつい目を覚ました時点で今回はどうかと確認したくなるよな。

ふむ。体つき普通。ヒゲ。肉体的な特徴も無し。腰に包丁《ほうちょう》。防具なし。臭いアリ。

普通の賊《ぞく》だ。これが普通なんだけどね。前回みたいな肉体だと色々自由度ありそうで助かるんだがなあ。

それじゃあ次は周囲の確認、それと立場を思い出してみるか。

「おい！　そこの！」

周囲は賊が多い。結構ヤンチャしてそうな連中だな。賊としては手練《てだ》れって感じだ。勿《もち》論《ろん》兵士や冒険者と比べたらカスだが。

で、立場は――

「お前！　聞いているのか！　おい!!」

「あ、オレですかい」

思い出そうとしている最中に声を掛けられるとビビる。注意散漫になるんだよな、この動作。

「そろそろ荷が到着する！　籠《かご》を出しておけ！」

「へえい」

思い出す途中に言われると、仕事を言われてもなーんにもわからん。

周りを見渡そうとした辺りで、

「荷が来たぞォー！」

「準備ィー！」

と声が響き、賊たちがわらわらとそちらへと走る。

それとは別にぎいぎい、ががらと音を立てて引《ひ》き摺《ず》られて来たのは大きな檻《おり》。

……荷に、籠に。ああ。そういうことか。

ここはどこぞの廃村で、運ばれてくる荷は捕らえられ、物のように売買される人間。籠は商品棚みたいなものってわけだ。

賊を何度も繰り返して、街道で人を襲っている肉体で目を覚ますオレが言えたことじゃあないんだろうが、あまり気分がいいもんではないんだよな。

世間を広く見りゃあ納得ずくでそういう方向へと下りる奴もいるんだろうけど、少なくとも運ばれてきた人たちを見れば明らかにどこかしらで強引に捕まったたって雰囲気だ。

ただ、ここで気に食わないからとオレが暴れたところでどうにもならないだろう。

たとえ、前回の恵まれた肉体だったとしても結果は変わるまい。

「早く降りろや！　ぶっ殺されてえのかッ!!」

目の前で行われる暴力と支配。

「おう、兄弟。その辺にしておけよ。一応『商品』だぜ。こいつらはオレがやっとく。兄弟はあっちの警備にでも付いていてくれよ」

強引にやってもどうにもなるまい。

言葉巧《ことばたく》みかはさておき、気を逸《そ》らして状況を変えるくらいはオレにもできる。

「チッ。しっかりやっとけよ!!」

「任せとけって」

フン、と鼻を鳴らしながら荒っぽい賊が去っていく。

籠の中に捕らえられたものたちは、このあと『人材』と呼ばれて商品として売り払われる。

つまり、人材商と呼ばれる連中の商材になるってわけだ。

不安そうにこちらを見るのは年も格好もバラバラな人々。

オレは周りを見渡す。

籠は幾《いく》つもあり、それらを管理したり警護したりするには賊の数は足りていない。

最初にオレにがなり立てたのが責任者らしいが、忙しすぎてこちらへの注意はない。

ただ、ここで逃がしたところで追いかけられて終わりだろう。

「そんな目で見るなって。……悪いようにはしないからさ」

今はこの言葉が精一杯だった。

×××

「見張りを立てておけ！　警備もしっかりとな！」

責任者らしい男が怒鳴りながら命令する。

続けて「商品はいつもの場所に動かしておけ」、「いつまでも彼処《あそこ》に置きっぱなしにするな」と。

賊たちは「わかってますよ」と頷《うなず》いちゃいるが、わかっているのと実行するのは別なんだよな。

しかし、責任者は「わかったならいい」とだけ言ってここから離れていく。

曰《いわ》く、賊の臭いがキツすぎるから近くの街で寝泊まりすると。オイオイ。本当に責任者なのかよ。役職名を無責任者にするべきだろ。……とは思うが、こんなもんだ。しっかりした責任感だとか、業務遂行能力だとかがある奴はこんな汚い仕事はしない。するとしたならもう少し上の立場になっているだろう。

責任者不在となれば賊たちも不真面目な態度が加速する。

ただ、捕まった人々は檻で管理されている以上は逃げ出すこともできない。

何かを企《くわだ》てるにしても、しないにしても、周辺状況は調べておくことにした。

で、その結果だ。調べるのにはそう時間は掛からなかった。

そう広くもない範囲に賊と人材がいる。賊が集まっているのは広場っぽい場所。人材は少し離れた厩《うまや》に馬車やら何やらと一緒に置かれている。

逃げ出し放題の状況だと思うんだが、いいんだろうかね。

馬車が六台。ここから西に暫《しばら》く行けばウログマがあるのも思い出せた。

運ばれてきた全員を振り分けても馬車六台で余裕で運べる。

賊はどんちゃん騒ぎで人材のことを忘れている勢い。

……『何かを企てる』ための状況が出来上がっちまってる。そんじゃ、悩むことなんてないよな。

厩まで足を延ばす。不安げな瞳《ひとみ》がこちらへと向いた。その中には憎悪《ぞうお》が含まれる視線もあるが気にしない。

「静かにしていてくれよ。……アンタらをここから逃がす。見ろよ。ちょっと離れた場所におあつらえ向きに馬車まである。西に行きゃウログマ。そこまで行きゃあ保護もされるはずだ」

オレの言葉もすぐには届かないだろう。

鍵が掛かっているが、程度の低いものだ。解錠《かいじょう》に関しちゃ最低限よりマシなくらいの知識と技量がある。ササッと弄《いじ》くればあっさりと開いた。

それを牢全てに実行した辺りでようやく彼らはオレの言葉を信じる気になってくれたらしい。

そこまでしないと信じないってのも理解できる。彼らは暴力でここまで連れてこられたんだ。その暴力を振るったのはオレと同じ賊だろう。

オレだったら賊なんて何を言われても信じられないだろうな。

だが、彼らは違う。オレの行いを評価してくれるようだった。善良さってのはそういうところに出るのかもな。

「あなたは……賊でしょう。何故……？」

年嵩《としかさ》が一番上であろう、老齢に差し掛かった男性がオレに質問をした。問われると困る。

助けたい誰かがそこにいるだとか、明瞭《めいりょう》な答えを持ち合わせているわけでもないからだ。

まあ、しかし、根底にあることを答えとするなら、

「困っている人間を颯爽《さっそう》と助けたらかっこよくねえか？」

一同がきょとんとした表情をし、笑いを噛《か》み殺す。

老齢の彼が少しの困惑と微笑《ほほえ》みを浮かべて、

「それは、ええ。立派な姿かと思います」

「なら、やるしかないだろ」

彼らは実に統率が取れていた。逃げるため、生き延びるために必死であった。

馬車へと乗り込む。御者役《ぎょしゃ》は彼らの中で特に馬の扱いに長《た》けたものが数名いたので問題もない。

あと一歩というところだった。

「イィック……。ちょーっとつまみ食いしたって、ヒック。いいよなあ」

松明《たいまつ》を持ってこちらへと近づいてくる賊が一人。腰には剣。包丁だの農具だのが武器じゃない時点で賊の中ではそれなりの実力がある可能性がある。武器は脅《おど》しの道具ではなく殺しの道具。賊にとっては見栄えよりも扱いやすさを優先するものは少なからず存在する。

見たところ古びてはいるが、それは同時に使い古すまで彼の手にあったということかもしれない。酩酊《めいてい》している。商品に手を付けるバカだが、責任者不在というのはこういう状況を呼び込むわけだ。その無責任者のお陰でここまで逃がす算段を付けることができたのはあるにしても。

「あれ……？　檻が開いてい――」

悩む必要も、暇もない。オレは腰に吊《つ》ってあった包丁を酔いどれの頭に叩き込む。コイツが実力者であると仮定するなら、生かしておけばそれだけ逃走の妨《さまた》げになり得る。不意を打って殺せるなら、それが一番だと考え、そしてそれは成功した。脱力し、手から落ちた松明が瞬《また》く間《ま》に厩を燃やし始める。

「行けッ！」

オレの声に御者役たちが馬車を走らせ始めた。

「あ、あなたはどうするのです」

質問を投げかけた人物。彼は逃げ出したあとも上手く皆を取りまとめてくれそうだ。

「ウログマまで皆を頼む」

走り出す馬車を背にする。

「稼げるだけ時間を稼ぐよ」

彼が何かを言おうとしたが、その時間が惜しいことを理解しているようだった。

馬車は加速を得て、この地を去っていく。

「お、オイ！　お前……連中を逃がしたのか!?」

火を見て駆けつけた賊たち。

言い逃れのできない状況だな。口八丁でなんとかできればよかったが、そうもいかなそうだ。

「オッホエ！」

気合一閃《きあいいっせん》。包丁が賊に飛来して頭をかち割る、それと同時に酔いどれが腰に帯《お》びていた古びた剣を引き抜く。

その後？

そりゃあ決まってる。多勢に無勢。囲んでボコられておしまいさ。だが、少しは数も減らせた。時間も十分に稼げた。

逃げられ、殺され、士気が削《そ》がれた賊どもがここから逃げる算段をするのを聞きながら、オレの意識は闇へと解《ほど》けていった。

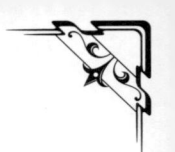

【継暦150年　夏／3】

よっす。

転んでも無料《タダ》では起きないタイプのオレだぜ。


むしろ死んだって命がオマケで付いてくるんだから無料《タダ》以上だよな。

さて、そうして与えられた無料《タダ》並の命で歩む今回は……。

なるほど。ちょっと珍しいタイプの群れの一員のようだ。

賊《ぞく》ってのは根城やナワバリを作ってそこに住み着くもんだ。

獲物が多いところに陣取らなけりゃ飯に食いっぱぐれることがある。

食いっぱぐれかねないのを水をがぶ飲みして耐えたりすることもある。

ただ、彷徨《さまよ》い歩くような賊はいつ食料が空っぽになるかもわからない、水も手に入るかもわからないので非常に危険だ。

他の賊のナワバリに入って殺し合いになる可能性もある。

で、この話をしたからには珍しい理由は察せるよな。

そう。今回所属している賊の群れは遊牧民よろしくそこかしこを彷徨って獲物を探すのだ。カシラはかなり腕が立つようで、周回コースに存在する賊たちはナワバリに彼が現れても文句を言ったりはしない。

ナメられりゃあぶっ殺す。それが賊のルール。

だが、カシラの実力がそこいらの連中よりも上なのでナワバリを我が物顔で歩いたとしてもそこの賊はナメられたとは思わないらしい。むしろへいこらする賊すらいる。

今回のオレはそんな強いカシラに付き従っている賊だ。

強いカシラに従っていりゃあ楽ができる……はずなのだが、

「いいか、絶対にあの方を怒らせるんじゃねえぞ」

そのイケイケのカシラが青い顔を向けてオレに念押しをした。

賊の棲家《すみか》としちゃオーソドックスな穴蔵。涼しい風が入口から吹き込んできているようだ。カシラの顔が青い理由は風が涼しすぎる、ってわけではないのだろうな。

×××

「助勢が三十人か。俺の手下の二十人を加えれば結構な数が集まったな」

歩いてくる男が人数についてを語る。その人数を収容してもなおスペースが余っているくらいには広い穴蔵。雰囲気ですぐにわかった。彼がカシラの言うところの『あの方』なんだろうな。

賊ではこういう賊同士が合流するってことは珍しいことではない。戦いなどで数を減らした群れが力を取り戻すためにとやったりもする。ただ、雰囲気からすると数が減ったからとかそういうわけではなさそうだった。何か目的があって、そのために人数が必要だから賊どもを半《なか》ば強制的にかき集めた。そんな風に感じていた。

それを実行するような賊となればよほどの強面《こわもて》の大男なのだろうと思っていたが、現れたのは魔術士風の男だった。

背丈もそれほど高いわけじゃない。

武器だって賊が大好きな棍棒《こんぼう》だとか斧《おの》だとかってものじゃない。

握られているのは太さこそ多少はあるものの、賊が愛用する類《たぐい》の棍棒のような暴力性を感じるものでもない杖であった。

賊たちであればまず最初にマトにしたり、バカにしたりするような手合であるところの魔術士や学者が持っているような、取り立てて特徴のない杖。

だが、誰も彼にそんな態度を取ったりはしない。

いや、取ったりしたものがどうなったかを目の当《ま》たり《あ》にしたからこそ、取れるような気合の入った賊はいなくなったのかもしれない。

ほとんどの賊は萎縮しているが、そうした群れから影が幾《いく》つか立ち上がる。

「テメエがカシラだあ？『嚙砕《ごうさい》』のナウマニなんて呼ばれるからどんな恐ろしい大男かと思ったら、笑わせやがる！」

「だが、好都合だよなあ、兄弟よお。こいつをぶっ殺せば名声は思いのままだ。ナウマニィ！　その両肩にゃあ重いだろう名前は俺らが上手～く扱ってやるからよ！」

「ギャハハ！」「ヒヒヒ……！」

下卑《げび》た笑いが響く。

呼応したというよりは、元から裏切るつもりだったのだろう。

五人の勇気ある賊が粗野《そや》な武器を片手にカシラ——『嚙砕』のナウマニへと近づく。

一方でナウマニは謀反《むほん》慣れをしているのか、小さく溜息《ためいき》を漏らす。

「折角集めたってのに早速減るのか」

「何か言ったか、青瓢箪《あおびようたん》——」

「《杭打《くいうち》》」

短い言葉が紡《つむ》がれると同時にナウマニが持っていた杖がまるで突然動いた。いや、動くというよりは石突きから空気を噴出しながら飛び出したかのようにも見える。

尋常ではない速度で突き進んだ先には裏切った賊が立っている。いや、次の瞬間には杖が顔面を粉砕《ふんさい》し、倒れ込んでいるのだから、立っていたと過去形にするべきだった。

飛んでいった杖には鎖《くさり》が備わっており、袖口《そでぐち》から伸びているそれを引っ張ると杖がナウマニの手元に戻って来ていた。手慣れた動作だ。

《杭打》と囁《ささや》いて発生したこの事象。魔術と並ぶ特異な力、『請願《せいがん》』による効力だった。

幾つかの言葉を組み合わせて結果を引きずり出す魔術と異なり、請願は起動するための鍵となる一言を発するだけで魔術同様に過程を無視した結果を得ることができる。

魔術との相違点は単純だ。

詠唱《えいしょう》とそこに込めるインクの意味を理解していれば、組み換えによって様々な応用が利くのが魔術である。

一方で請願は応用は苦手だが、適性さえあれば一定の効力を持つものを修行や学習なしですぐさま使えるようになる。

請願を習得するためにはアレコレと手続きめいたことが必要らしいが、詳しくはわからない。そういうのに詳しい人間に会った記憶がないからだろうか。

少なくともこの周回《サイクル》じゃあこれが初遭遇だ。

「《杭打》」

再びあっさりした一言で飛んでいき、立っていた別の裏切りものの顔面に命中……というよりは衝突した。衝突した賊は断末魔の声もなく顔面が消し飛んだ。

赤黒い破片がそこらにぶちまけられることになってもナウマニと、彼に付いてきていた手下たちは声の一つも上げなかった。

彼が同業者にナメられるのも、こういう制裁を実行することにも慣れているってことなんだろう。おっかねえ。

「頭数、減らしたくないんだよなあ」

ナウマニがつまらなそうに呟いてから、ちらりと生き残っている裏切りものを見やると、その彼らは服従の意思を見せるように傅《かしず》くではなく、頭を地面にめり込ませる勢いで土下座をする。

古くは東方より伝わった最大の謝罪を示す姿勢だ。

「か、カカ、カシラァ！　一生付いていかせていただきやすぅ!!」

こうしてオレたちは改めて一枚岩となった。

誰だってあんな風にミンチになるのはイヤだ。

「それじゃ、今回の俺らが狙っている仕事《ヤマ》についての説明、してもいいよな」

オレを含めて、集められた外様《とざま》の賊は同時に、激しく頷《うなず》くのであった。

×××

ナウマニの計画はわかりやすく、しかしハイリスクなものだった。

この近くにあるリゼルカ伯爵領《はくしゃくりょう》は最近、随分とゴタついているらしい。

秩序《ちつじょ》と治安の低下は領内にタチの悪い連中を呼び込む。

人材商と呼ばれる、人様に値段を付けるような連中が出入りしている。

多くの場所で人材商は嫌われている一方で、大きな利益を呼び込むのも彼らのような黒い商人たちである。

ナウマニ曰《いわ》く、

「そういう連中を狙うのが一番実入りが良い」

という。これが照れ隠しで本当は義賊だったりすれば美談にもなるが、残念ながらナウマニは本当に利益のことだけを考えてこの計画を練ったようだった。

人材商は隣領で一仕事を終えてリゼルカへと向かっている。

『商材の補充』なのか、それともまた別の商談でもあるのかはわからない。

ただ、隣領で商品を捌《さば》いたらしく、それなり以上に懐《ふところ》が温かいのは確からしい。

「人材商って人種は誰も彼もクソったれだ。だが、クソったれってのは自分がそうであることを自覚しているものさ。俺と同じでな。そういう奴は自分が狙われる立場だってのを理解している。お前がそうなら、どういう対策を取る」

不意に指先を向けられるオレ。

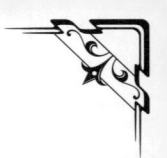

「えっ、あー。……まあ、強いヤツを味方に付ける、ですかね。金があるなら腕っこきを雇うこともできるでしょ」

「正解だ」

解答失敗！　くたばれ！　なんて展開にならなくてひとまずは安心。

「もしくは狙われている当人が俺のように強くなるかだな」

自信ありげに笑うナウマニ。

そして、それは無闇矢鱈《むやみやたら》な自信過剰《カシラ》さではない。

賊で請願を扱える人間は極めて稀《まれ》だ。彼の過去の経歴に何か由来があるのか。

少なくとも彼が見せた戦闘能力に関しては実力相当の態度であると思えた。

「護衛か当人か、それとも大穴の『どっちも用意してない大間抜け』か。そいつは開けてからのお楽しみってやつだな」

✘✘✘

人々が住まう広き『帯陸《せかい》』。

百五十年ほど前にこの辺りで新たな統一国家が生まれかけていたことがあった。

カルザハリ王国と呼ばれるその国は少年王と才気溢《あふ》れる腹心たちの努力によって統一と

安定まであと一歩のところまで来ていた。

しかし、少年王が陰謀の中に斃《たお》れ、国家は解体された。

そして巨大な土地を奪い合ったのはかつての家臣たちであった。

王を殺したとされる公爵《こうしゃく》。その公爵が持っていた広い領土を奪うために公爵を殺した侯爵《こうしゃく》。自らが侯爵から奪われぬためにそれらを殺した伯爵たち。血で血を洗うような争いの歴史があった。

王国が解体されてからの歴史の中で王、公爵、侯爵などを名乗るものも現れはしたが、出る杭は打たれるもので、悪目立ちすれば周囲の伯爵によって殺される。

群雄割拠《ぐんゆうかっきょ》の時代を越えた今、伯爵にはかつての爵位よりも強い意味や立場を持つに至っている。

かつてのカルザハリとは比べ物にならない土地の狭さではあるが、持ち得る権威と権力は王と呼ぶに相応《ふさわ》しいほどの。

しかし、全ての伯爵が王や公爵のように強力な軍隊や個人を有しているわけではない。

例えば、リゼルカ伯爵領は決して強力な勢力ではなかった。

代々の伯爵が外交上手であり、その力によって乱世を生き抜いてきた。

当代伯爵が何らかの理由により治世から離れてからすぐにリゼルカ領の治安は緩やかに低下していった。人材商の登場などは伯爵が健在の頃はまずありえない話だった。

リゼルカと隣領の一つであるツイクノクを結ぶ交易路に三台の馬車が進む。

馬車の主《あるじ》であるサジェットはリゼルカでの商談を進めるために急いでいた。

サジェットはツイクノクの裏では知られた商人である、それも威風や偉大さではなく悪い意味で知られている。金に汚く、自分さえ良ければ他人の苦しみなど気にしない。利益になるならば家族すら売り払うと噂までされるほど。

実際に彼は自分の娘を人材として売り払った過去があるのでその噂はまったくの真実であった。

手下を使って方々《ほうぼう》で商材集《人拐い》めをした結果、そこかしこで彼は指名手配されることになる。

懇意《こんい》にしている都市以外であればどうなっても構わないとでも言いたげな仕事ぶりだった。

この旅路は賞金狙いの冒険者が現れることのなかった順調なものであったが、それもリゼルカ領に入るところまで。

がたんと馬車が急停止をする。

「なぜ急に停める」

客車《キャビン》から苛立ちを隠さない声音で御者《ぎょしゃ》へと言葉を向けるサジェット。

「は、はい。御者の手信号からすると往来に人が現れたため、停車したようです」

「人が？　いつも言って聞かせてるはずだが。道中で邪魔なものが出ても轢《ひ》き殺《ころ》せとな！」

「ですが、どうやら相手は――」

刹那《せつな》。爆音が響いたと思うと、先頭にあった馬車が派手に吹き飛んで散らばった。

×××

馬車が吹き飛ぶ少し前。

都市リゼルカと都市ツイクノクを結ぶ交易路、その往来に二人の女が立っている。

夕照《せきしょう》のような色の髪を伸ばした女は騎士鎧《きしょろい》を纏《まと》い、剣を腰に帯《お》びていた。見えるところに身の上を示すような紋章《もんしょう》などはない。

その隣には冬の朝空にも似た浅い青色の髪をした、聖職らしい服装の女だった。

「付き合う必要などないのだぞ、カイリ」

「はいはい。心配してくれるのは嬉しいですけど、貴女《あなた》が心配するように私も貴女が心配なんですからね。この状況はおあいこなんですよ、アーシャ」

アーシャとカイリは冒険者であった。

彼女たちは首から聖印と、飾り気のない認識票《タグ》を下げている。

冒険者としての格は後者の認識票に塗られた色で判別ができる。

彼女たちが下げているものは黄色であり、これは下から二番目に相当する。

駆け出しと一人前の境界線くらいの立ち位置であり、本来であれば指名手配された賞金首を狙うには余りにも不釣り合いなもの。

しかし、二人の顔に恐れや強張《こわば》りはない。

冒険者としては未熟でも、二人は学問とそれに向かうための姿勢こそを教義とする宗教兼学術組織である『刻印聖堂《こくいんせいどう》』の中でもより優れたエリートを生み出すための育成機関によって鍛え上げられた人間である。タチの悪い人材商相手でも物怖《ものお》じすることはない。

なにより、彼女たちにはそれを行うだけの理由があった。

馬車が彼女たちへと向かう。

その馬車は雇《やと》い主《ぬし》から邪魔するものは轢き殺せなどと言われてはいるが、自分よりも遥《はる》かに若い女子が二人立っていれば流石《さすが》に停めてしまう。サジェットにはなくとも御者にはその程度の善性が残っていた。

「逃げなさい。命まで取ろうと思わないから」

騎士然としたアーシャが剣を向ける。

御者は流石に『はい』とは頷けない。停めはしたが、ここで逃げれば主であるサジェットに殺されるのが目に見えている。

「逃げないか。……仕方ない」

ゆるりと剣を構える。

「《我が意思は刃《やいば》、結することなき無形《むぎょう》の剣なり》ッ」

詩歌を唄《うた》うような声音は魔術の詠唱にも似た響きを持つ。

それと同時に乙女の悲鳴にも似た、空気を切り裂く音が響き渡り、馬車の荷台が突き上げられるようにして空中に砕《くだ》け散《ち》りながら跳ねた。

刻印聖堂で修行したごく一部のエリートのみが獲得できる技。

非物質的な刃を生み出す、無形剣《ブレイズ》と呼ばれる技巧《ぎこう》の一種。

その体得には先天的な才能とたゆまぬ努力が不可欠なものであり、アーシャはその技の一つを獲得したエリート中のエリートである。

「ひ、ひぃいいぃ!!」

状況が飲み込めずに御者は転がるようにして席から落ちて、全力で走って逃げる。

自分が無形剣《ブレイズ》によって殺されなかったことをすぐさま理解はできずとも、やがてその慈《じ》悲《ひ》を知るところになるだろう。

だが、その慈悲を受けられないものもいる。

三台並んでいた馬車の、先程までは中央に位置していた馬車から身なりのいい男が、後方からは護衛らしい人物がぞろぞろと現れる。数は十名。こういった状況を予測して過剰なほどの護衛を持ち込むのは人材商ならではの準備と言えた。

「流石に護衛がいるか」

「先頭車両にいないから無防備なのかと思ったけど、そうそう美味しい話はありませんよ

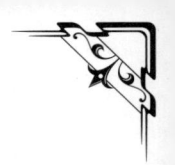

ねえ」

短距離ではあるものの、生命の有無を探知できる請願を持つのは、騎士風のアーシャの隣に立つカイリと呼ばれた少女。

馬車を破壊して足を止める計画は立てたが、そこに人材商の商材があってはならない。罪なき犠牲者を自分たちの手で作るわけにはいかないからこそ、そうした確認は怠《おこた》らなかった。

ただ、探知距離の問題もあって護衛がぞろぞろと現れることまでは事前に知ることはできなかった。

しかし、彼女たちにとってそれは問題にならない。

たとえ護衛の数が倍であったとしても怯《ひる》むことなどない。それだけの研鑽《けんさん》と修練の日々を彼女たちは越えてきたからだ。

「聖印……。刻印聖堂の人間が何故……？」

刻印聖堂。魔術が師を得て教えを受けて扱えるようになるのと同様に、請願を得るにもやり方がある。

『遺物』とも呼ばれるものに触れることで請願を扱えるようになる。ただ、誰もが得られるわけではない。遺物や得られる請願には相性がある。

そして、そうした遺物は刻印聖堂が多くを保持、管理している。請願を扱うに相応しい人間になるための学習が必要であり、その学問をこそ教養と一体にしているのが刻印聖堂である。

請願を扱えるということは、大抵の場合は刻印聖堂の所属者であるということになる。聖印を持つものを痛めつければ聖堂からの報復がないとも限らない。限らないのだが、

「信徒どもがなんだ。おい、お前ら！　進路を止めたお方が何者かわかっていないようだから教えてやる。この辺りじゃあそれなりに知られた商人の」

少なくとも人材商に雇われた連中はそういうことを気にするタイプでもないようだった。

「知っているとも。この辺りじゃあ知られた、人材商《最低のクズ》のサジェットだろう。貴様のようなものを我が故郷に入れるわけにはいかない、ここで消えてもらう」

刃を向けられても余裕綽々《しゃくしゃく》といった態度でサジェットが口を開く。

「リゼルカの人間か？　……だとして今更なにを。あの街はもはや取り返しのつかんところに来ている。お前たちの大切な故郷は我々のような人間に荒らされる餌場《えさば》になるんだよ。まずはお前たちから蹂躙《じゅうりん》してやろう！　やれッ！」

護衛たちに命令を下す。

この状況を潜んで見ていたのはナウマニ。

「先客がいるとは思わなかったが、都合がよくなってきやがったな。商人の護衛の数が減ったら漁夫《ぎょふ》りに行くぞ」

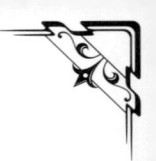

漁夫る――つまり漁夫の利は力量と実力に劣る群れが勝利を摑むための数少ない戦術。

先走ってしまう賊がいないのはつい先程に見せたナウマニの力。

息を潜《ひそ》めて機会を待つ。

圧倒的な力で蹴散らしていく二人の冒険者だが、旗色が良いわけではない。

護衛の半数が削られた辺りでナウマニが立ち上がる。

「よーし、今だッ！　漁夫るぞッ！」

故郷《リゼルカ》を守らんとする冒険者。

都市《リゼルカ》を食いものにしようとする人材商。

その両者を獲物に見立てる賊の群れ。

混迷を極める乱戦の幕が切って落とされた。

×××

そういうわけで流れに任せていたら乱戦することになったわけだ。

あっさり死んでも面白くないので一団と離れたところで弱そうな護衛とわちゃわちゃ取るに足らない戦い未満を演じることにする。

演じるっつっても本気でやってもさして変わらないけどな、オレの実力じゃあ。

周囲の状況を知るためにも耳をそばだてていながらの行動をしていると先だって戦っていた少女二人の声が耳に入る。

「賊が乱入してくるとは」

「どうしましょうね、アーシャ」

「人材商の退路が減ったと――」

言葉の途中で襲いかかってきた賊に大剣を叩きつけて『開き』にすると彼女は続ける。

「前向きに捉えるさ！　カイリはどうだ」

「私も同じような考えです」

小さく笑って僧侶風の少女が頷く。

衣服の感じから刻印聖堂の関係者だろうか。武闘派が多いって話は本当のようだな。

一方で忌々《いまいま》しげに呟いているのは人材商サジェット。

「高い金を払った割には大したことのない護衛どもめえ……！　気張れ！　我らが運んでいるものはこの世に二つあるかどうかもわからん秘宝、『ダルハプスの欠片《かけら》』なのだぞ！

これは希少な付与術ではなく滅ぼされた場所にこぼれたインクが結晶化したものとされ、付与術と同等の力を備え、そこには持ち主の生前持っていた技巧や魔術などが何かしら封印されているというのだ。噂に聞いたところだが欠片となる前は恐ろしい悪党で他者の亡《なき》骸《がら》を自由に扱ってみせたともいう。実際にそうした力が込められていなくともその喧伝《けんでん》された内容だけで十分に買い手が付くというものだ。いや、実際に既にこれは売約済みではあるが、そうでなくともという話だ。お前たちにはわからんかもしれないがこれは商人としては実に素晴らしい計画と我が辣腕《らつわん》を――」

人間の売り買い以外にも商売をやってるご様子。悪徳をいいだけ重ねているコイツが運んでいるって時点で碌《ろく》なものじゃあなかろう。たっぷりの自尊心から来る多弁と早口は、

「出たよ、サジェットさんの早口……。ああなったらこっちの話は耳に入らねえもんな」

「悪口以外はな」「そんな大事なもんなんすか」

「大事なら目立つ車列を組まなきゃよかったんじゃ」

我が身とサジェットへの護衛をする姿勢を取りつつも、口々に不満にも似た声を上げる。

当然とも言える反応たちに対して人材商サジェットが返したのは、

「車列を減らして目立たなくすれば確かに襲撃されなかったかもしれん。だが帰りはどうする！　リゼルカで人材を満載すれば儲《もう》かるだろうが！」

儲けを少しでも得るための弁明だけだった。

普通の商いならそれでもいいが、コイツがやろうとしているのは碌でもねえやり口の商売。隠そうともしない清々《すがすが》しいまでのクズだ。いいね。良心の呵責《かしやく》なく襲うことができるってもんだ。

車列を襲ったのがナウマニやオレ、そして愉快な賊ならサジェットの言うところの『高

い金を払った護衛』で十分だったかもしれないが、冒険者二人組の実力は襲撃への備えよりも遥か上にあった。

サジェットがちらりと見たのは指揮を飛ばしながら護衛とかち合っているナウマニ。視線の感じからわかる。懐柔《かいじゅう》しようと考えているのだろう。賊が中途採用されることは少なくない。

「馬車に乗り込め！　中身を奪え！」

「やらせるかあ！」

指揮者たるナウマニに一気に距離を詰める護衛の一人。

確かにサジェットのボヤきの通り、高い金を払うに値したヤツもいるらしい。

しかし、我らがカシラの実力だってナメたもんじゃない。むしろそこらの冒険者であればちょっと手を付けられないいんじゃないかって強さだ。

「邪魔されるのは嫌いなんだよなあ」

護衛が剣を振り下ろすもナウマニはそれを杖で払い、

「《杭打》ッ」

その言葉と同時に杖からは考えられないような破砕《はさい》の力が発生し、グロテスクな音とともに護衛の顔面は『顔面だったもの』に変わった。

「護衛もだらしねえ！　このまま全員――」

「全員、どうするつもりだ？」

ナウマニの言葉に、彼の背後から声が問う。

「何ッ」

乱戦に乗じたのは賊ばかりではなかったようで、不意を打つ形で現れたのは黒い外套《がいとう》と黒い頭巾《ずきん》で顔も姿も隠した人影。

片手に持つ大剣を無造作に振り下ろす。ナウマニはそれを防ごうと杖を構え、しかし大剣は杖も体も構わず真っ二つにする。

ナウマニの実力は賊からは一歩も二歩も抜きん出ている。それをあっさりと一撃で斬り伏せたのだ。

単純な膂力《りょりょく》だけではない、今の一振りだけでもナウマニとの間にどちらが先に動くかだとか、どのような技を持っているかの予測だとか、相応の技術的・心理的なやりとりがあったに違いない。オレが理解できる範疇《はんちゅう》にはなかったが。

「おお、来てくださいましたか！」

「反乱分子の鎮圧に手間取ってな。もう少し早く着いていればそちらの部下を助けることができたのだが」

「いえいえ、このような金食い虫の無能などいくら死んでも構いません」

「……そうか。では、残りも片付けるとしよう」

黒い外套を翻《ひるがえ》し、賊と冒険者へと向き直る謎の人物。

うーん。どう考えても強敵。勝てる類の相手じゃあない。しかし賊たちはナウマニの実力に絆《ほだ》されていたからか、

「よくもカシラを不意打ちで！」

「ぶっ殺してやるぁあ!!」

などと息巻いている。

オレを相手していた護衛も横合いから襲ってきた賊の一撃で斃れた。

ここで背を向けて逃げ出せばオレもコイツと同じ目に遭うだろうな。つまり、この流れに乗るしかないってわけだ。

ま、ダメだったら死ぬだけだしな！

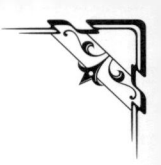

×××

賊は護衛よりも質は落ちるとしても数が揃えば護衛と張り合う程度の脅威となる。

頭に血が上った賊と護衛の乱戦の一方で、『外套』と二人組の冒険者の片割れである聖職風の少女が対峙《たいじ》していた。

「実力の高さは立ち姿でわかる。貴殿ほどの実力者がどうしてあのような手合に助力する

のか理解に苦しみます。ですが、ここで言葉を交わしたところで貴殿が改心するとも思えない」

「わかっているじゃないか」

頭巾は口まで覆い、目元すら見せないもの。声もくぐもって聞こえる。

男であることはわかるが、それ以上の情報は与えられなかった。

「で、わかったとしてどうする。刻印聖堂の人間とて伯爵領を自由にする権限などあるまい」

「私たちは刻印聖堂の出ではありますが、既に聖職を辞した身。ただの冒険者に過ぎません」

「平穏無事な生活を捨ててるつもりか。そこまで駆り立てるものはなんだ？」

「リゼルカが彼女の故郷であり、彼女が私にとっての無二の親友だから。それで理由は十分ではありませんか」

「確かに、そうかも知れん。だが君が思うよりも世界は狭くもないし浅くもない。実力の差というものがわからないのは虚《むな》しいことだぞ」

『外套騎士』が言葉が終わると同時に剣を振るうと、大地から刃が突き出る。

無形剣《ブレイズ》だ。一つの、それも言っちゃなんだがこんな辺鄙《へんぴ》なところでその使い手がぶつかり合う状況なんて相当にレアな状況だろう。

生み出した無形剣《ブレイズ》は鋭く、あの女騎士風の冒険者のものよりも速い。

「《隔壁《かくへき》》ッ」

僧侶風が請願をほぼ同時に展開する。その力は壁を生み出すこと。盾代わりのそれは一瞬だけ無形剣《ブレイズ》の到達を遅くするだけで防ぎ切ることはできなかった。

すぐさまサポートに入ったのは彼女の相棒らしきもの。彼女を抱えて後方へと飛ぶ。

「カイリ、やはり」

「虚仮威《こけおど》し野郎だったら良かったんですけどねえ」

口が悪い僧侶だな……。

外套騎士は技の冴《さ》えのみではない。踏み込みの鋭さや剣の速度も一級品。

そこからは会話もない。いや、会話をする暇もない技と力の応酬だった。

応じることができている女騎士も相当の腕前だが、それでも少しずつそこかしこに切り傷を増やしている。

僧侶は補助と防御の合間に『外套』の動きを邪魔しようとするも、そのいずれも上手く外套に捌《さば》かれていた。やがて、対応しきれずに発生した小さな綻《ほころ》びが破局を生み出す。

派手な技を使うのではなく、体捌きで女騎士の懐へと踏み込む。ごく近距離での戦いとなればお互いに虎の子である無形剣《ブレイズ》を扱える距離からは外れる。無形剣《ブレイズ》抜きの力比べ、技比べでは明らかに外套騎士が上をいっていた。やがて外套騎士の一撃が女騎士の剣を弾《はじ》き飛ばした。外套騎士の持つ大剣の切っ先が彼女へと向けられる。

実況解説じみたことを心中でやっているのは護衛と賊の戦いから少し距離があるからだ。

この状況なら冒険者を目指すためにこっそり逃げ出すこともできただろう。

ただ、どうにもそれをする気にはなれなかった。

故郷を想う冒険者と、親友を想う冒険者を捨て置いてここから逃げる。そしてどこぞで念願叶って冒険者になったとして、それは果たしてオレが夢見る冒険者なのかと言われりゃあ後味の悪さもあって胸を張って活動ができるとも思えなかった。

冒険者ってのは、オレにとっての憧れであり、夢だ。無味乾燥な繰り返しの復活《リスポーン》を耐えて過ごすための理由の一つ。

その夢を穢《けが》してまでなる意味はない。

だから、オレがここでスタンバっていた理由ってのはこのときのためなんだろうさ。

「オッホエ！」

運命なんてものはあまり信じたりはしないが、ここに立ち会って一投をぶちかませって導きであると信じることにした。

コイツでオレの憧れである冒険者、その道の先輩の生命《いのち》を拾えるってならな。

擲《なげう》たれた石に速度が乗る。見事なほどの不意打ちとなって外套の側頭部を打つ。

が、致命傷どころかちょっとした痛痒《つうよう》にもなっていないように見える。

こちらを振り向き、剣を構える。

二投目を打ち込むべきかとも考えるが、必要なことはそれじゃないか。

不意打ちで殺せなかったどころかダメージもないんじゃ、オレが助力して三人になったところで外套から勝ちを拾えやしないだろう。

「今は逃げろッ！」

相手のことを知らないんだから掛けられる言葉は多くない。

このまま戦って勝てないってことだけを伝えるなら、これくらいしか思い浮かばないのはオレの語彙《ごい》の貧弱さが悪いのか。

次の瞬間には外套の無形剣《ブレイズ》がオレの体を真っ二つに引き裂いていた。

×××

突如割り込んできた賊がわけのわからないことを叫びながら死ぬ。

普通であれば何事かと理解もできない状況であろうとも、彼我の戦力差を体感したアーシャとカイリはその言葉を受けて全力で転身撤退をする。

追いかけようと踏み込もうとした外套に対して、

「《隔壁》!!」

請願による半不可視の壁がそれを邪魔する。

無形剣《ブレイズ》を扱うものからすれば簡単に砕けるものだったとしても、その一瞬で十分に逃げるだけの距離を稼ぐことはできる。

街道沿いに生える木々に紛れて消えた二人の女冒険者の背を見やる。

「……アーシャ」

外套はぽつりと彼女の名前をこぼし、視線を自分が斬り捨てた賊へ。

(感謝するぞ、賊よ。お前のお陰で彼女を斬らずに済んだ)

残った賊たちも護衛たちとの殺し殺されによって数を減らし、やがて脳内物質が欠乏したからか興奮より恐怖が勝ると彼らは散り散りに逃げていく。

人材商サジェットとその護衛は流石に追討するほどの戦力も、それをする意味も持っていない。撃退だけで十分だった。賊を蹴散らしてこの地の平穏に寄与する理由は人材商にあるわけもない。

「ありがとうございます、ミグナード様。おかげでセルジ様への献上品を失わずに済みました」

下卑た笑みを浮かべるサジェットに一瞥《いちべつ》をくれることもない外套——ミグナード。

(父上《セルジ》への献上品などとよくも言ったものだ)

だが、内心を口に出す意味もない。

「ここからは自分も護衛に付く。リゼルカへと急ぐぞ」

『外套』ミグナードが発した言葉に対して、サジェットはゴマをするような姿勢で従った。

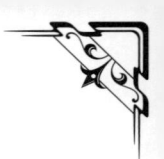

【継暦150年　夏／4】

よっす。

お節介を焼いてくたばったオレだぜ。


世間様じゃあ賊《ぞく》ってのは自由に生きていると思われがちだとは思うが、実際は不自由だ。どこかにふらりと行くこともできないし、カシラの命令には絶対遵守《ぜったいじゅんしゅ》。そうでなければ頭をかち割られちまう。そんな不自由さの対極にいるのはきっと自由な旅人か、冒険者だと思っている。

オレはきっと、自由ってのにも憧れがあるんだろう。周回の中で消えちまった記憶の中に冒険者を志《こころざ》すような出会いと経験でもあったのか。

自称『百万回は死んでいるザコ』であるところのオレは、死んでもこんな風に蘇《よみがえ》る。

ただ、こうして蘇るのにも回数制限がある。

オレは十回死ねば、記憶が洗い流される。

どこまで戻るかなんかはわからない。オレが『よっす』としつこく言ってるのはこの挨拶のお陰で大雑把《おおざっぱ》に残りの回数を数えているのだ。

『よっす』と言うよりも早く「えーと」だとか「あー……」だとか、寝起きみたいなことを言った場合は大抵、リセット後なんだよな。

現在は多分、五回目の命だろうかね。

さて、今回のオレは……まあ、いつもどおりの賊だ。肉体年齢も若すぎず、老いすぎず。特別な技術もなし。経験も記憶も特筆して出せるものもなし。

現在地は賊の寝床としてオーソドックスな場所の一つである穴蔵。賊の規模は小さめ。危険に対しての備えがヌルい行商や旅人を狙って生活をしている集団であるらしい。つまりはへっぽこな賊ってわけだな。

「身なりはいいけどよお、どうやって換金すんだ?」

「俺に聞かれたってわかんねえよ。お隣さんは結構大きい賊だし、そこと交渉するか?」

「どうせ奪われちまうよ。だったらいっそ当人に持ってきてもらうとかどうよ」

「バーカ、逃げられるに決まってる」

「だよなあ」

襲撃した記憶はないのでオレの肉体はお留守番でもしてたのか、伝聞でわかるのは旅人を殺さず確保できたものの、どうやって換金するかがわからないご様子。

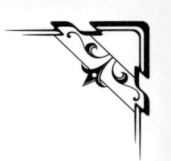

というのも、ここの連中が普段襲うのは行商だったり、護衛がほとんどいないような荷馬車。

人間をとっ捕まえて換金する方法がわからない。そしてそうした虜囚《りょしゅう》をバラして食卓に並べるほどここの賊はイカれてもいないようだった。

「つっても死なれても困るよな……。おい、新入り！　牢屋行ってお嬢さんの様子見てこい！　へばってたら水でもぶっかけろ！」

新入り……。あ、オレか。

「へぇい」

気のない返しとだるそうな立ち上がり。転がっていた愛用の武器らしい薪割《まきわ》り斧《おの》を腰に差しなおすとウダウダとした姿勢で示された奥の部屋へと歩き出した。

完璧《かんぺき》な賊仕草。我ながら惚《ほ》れ惚《ぼ》れしちゃうね。

×××

オレは命じられるままに牢屋へと足を向ける。穴蔵とは言っても自然に作られたちょっとしたスペースにお手製の扉なんかを付けて個室にしている場所がここには幾《いく》つもあった。

ここの賊が作ったものなのか、それとも以前の居住者（つまり別の賊）が作ったものなのかまでは肉体の記憶には存在しなかった。個室の中には牢屋、と呼ぶにはあまりにもショボい、ちょっとした腕力があれば簡単に壊れそうな檻がある。

これは牢屋ではなく動物を囲う柵の類《たぐい》では？　なんて疑問が浮かぶが、先輩方が牢屋だと仰《おっしゃ》るのならば牢屋なのだろう。

入ると、上げていた顔を少し下げ、こちらを一瞥《いちべつ》してから視線を下げた。

縮こまるように座っているのは確かに身なりの整った少女だった。

金色の毛髪が光源である壁掛けの松明《たいまつ》に照らされて輝きを発しているようですらある。

なるほど、確かに高く売れそうだ。

ここまでキレイだと逆に手を出すのも戸惑《とまど》うわけだよな。その辺りが実にショボい賊って感じもするが。

仮に連中が相談しているようにいかつい賊に売り払われたらどうなるやら。

「……」

下げた視線を少しだけ戻し、こちらをちらりと見やる。瞳から見える感情は意外にも敵《てき》愾心《がいしん》や恐怖心といったものではなかった。焦燥感《しょうそうかん》。ただ、今の自分の状況がままならないことを理解しているからこそ、話す言葉もない。

入る直前に彼女は顔を上げていた。あれはなんとなく意図がわかる。逃げ道を探していたのだ。

獲って食おうってわけじゃないんだ……ってのは通じないよな。獲って食う連中に捕まってるわけだし。

ただ、このまま放置してケダモノどもの御馳走《ごちそう》にされるってのも後味が悪い。

「お嬢ちゃん、どうしたね。随分焦っているみたいだけど。いや、そりゃ焦るか。食われるかどうかの瀬戸際だもんな」

逡巡《しゅんじゅん》を見せるも、

「焦ってはいます。ですが、この身が人材商の店先に並ぶか、食卓に並ぶかに恐怖してのものではないのです」

お、いい感じの会話のフックを投げてくるじゃないか。そう言われちゃあ返さないとな。

「じゃあ、何に焦《じ》れてるんだい」

「それは……」

「内容次第じゃ、手伝ってもいい」

折角なら話は広げられるようにしやすくするべきだ。時間が無限にあるわけでもないしな。

彼女はオレの提案に少なからず驚いてはいるようだったが、彼女もこちらが単刀直入な提案をしてきた理由――つまりは時間問題を察する。

「私はリゼルカ伯爵太子《はくしやくたいし》、リーゼと申します」

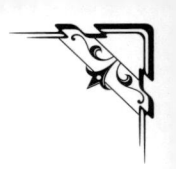

伯爵太子。こりゃあ大物だ。賊如きの木端集団《こっぱ》には手に余るよな。

「学識を得るために縁のある他領で日々を過ごさせていただいたのですが、父上――現伯爵が倒れたと聞いて急ぎ戻ったのです」

「そこを運悪くへっぽこ野盗団に捕まっちまったと」

流石《さすが》にへっぽこ野盗団に頷いてこちらの機嫌が損なわれることを危惧《きぐ》したのか、曖昧《あいまい》な微笑《ほほえ》みを浮かべるリーゼ嬢。

「しかし、そんな急ぐ理由があったのかい」

それに対してはやや言葉に詰まるような表情だが、真実を言うことが近道かもと賭けを張ったようだ。オレが心からの悪党かそうじゃないかって賭けを。

「炉《ろ》をご存知ですか？」

炉。都市が都市たる理由になるシロモノ。様々な燃料の代替になるだとか、特殊な物品を動かすための鍵になるだとかは聞いたことがあるが、詳しいことまでは知らない。炉とは呼ばれているが、その形も炉そのものではない場合もあるらしい。例えばバカでかい板だったり、古い大樹であったりすることもあるのだとか。炉と呼ばれているのはあくまで『燃料の代替になる』ってところから来ているだけなのかもしれない。

ただ、そうした噂は知識にあっても詳しいわけでも、知っていることも噂の枠にある程度のことである以上は無知と同義だろう。なので素直に今思ったことを口にすることにした。

「都市で重要なものだってのは知っているが、それくらいだ」

「どのような作用を持たせるかは都市がそれぞれに決めることができるものです。水の浄化に使ったり、農耕地の安定に使ったり、仰るとおり都市にとって重要なものなのです。ただ、リゼルカの炉は少しきかん坊なところがありまして」

「炉ってモノなんだよな。なんだか意思があるような物言いだが」

「意思疎通できるというわけではないのですが、時折でも炉に伯爵の血縁者が祈りを捧げねばおヘソを曲げてしまうのです」

「おヘソを曲げる……」

ああ。機嫌が悪くなるってことか。お上品なような、砕《スラング》けた表現なようなもので理解が遅れた。

「もしも炉がそのようなことになってしまえば、都市の機能が大きく失われてしまうのです」

「祈りを捧げるためにも戻りたい、ってわけか」

彼女は頷《うなず》く。

「リゼルカの政務はセルジ様が——父の長年の友人が代理を務めています。あの方には祈《き》禱《とう》に必要な祭具——指輪を預かってもいただいています。リゼルカに戻って、セルジ様にお会いしなければ」

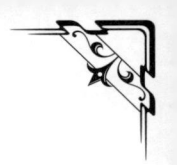

「けど、リゼルカの治安は悪い方向に行ってるって話もあるぜ。そのセルジってのが何かしらやっちまってるとかってのはないのかね。だとしたなら、戻ることそのものがリスキーって気もするが」

それこそ人材商のサジェットが一例だ。

ああいうのが出入りしている領地ってのは大なり小なり問題が起こっている証拠だ。

「それは……」

わかっている、という顔だ。表情からは気迫のようなものすら感じられた。

はははあん。問いただして悪いことをしてりゃあ伯爵太子の名において誅《ちゅう》するってことまで覚悟を決めていますってことかね。見てくれはか細く頼りない深窓《しんそう》の令嬢ってお姿だがなかなか熱いものを抱えておられる。

……面白そうだ。伯爵領に戻ってもあっさり殺されるかもしれないが、少なくともここで賊どもに命やら何やらを散らされる運命を辿《たど》るよりもきっとロマンがある。

記憶を紐解《ひもと》く。どうにもこの肉体はこの巣穴の知識が薄い。賊の先輩方の言う通り新参者なんだろう。

逃がすためのルート。何かしらないもんか。

周りを見渡してから、直感的にか、導かれるように上を見上げる。

彼女はオレの様子にクエスチョンマークを浮かべている。

天井には空洞が開いていた。

「ちょっと待っててくれよな」

オレはこの部屋の外を確認する。先輩方は本格的に酒を呑《の》み始《はじ》めている。見張り番を新入りに任せたから安心したのだろう。

部屋の扉を閉め、オレは空洞を上がるためにそこかしこの出っ張りを手がかり足がかりにして登っていくと、少しの労力で上がりきれた。

そこは大地の小さな切れ目であった。ひょっこりと顔を出すと近くには交易路が見える。

あそこまで逃げられれば安泰だろう。

再び穴に戻ると次はロープなどを持って上がって、木々に結びつけて下ろす。

「リーゼ嬢、登ってこられるかい」

下の方から「は、はい」と別種の焦りを含む声が返ってきた。とんとん拍子に脱出が成って驚いているのだろう。

彼女はやはりただのご令嬢ではなかった。下ろしただけのロープをぐんぐんと登ってくる。ガッツがスゴい。故郷を守らんとする意志が身体能力に恩恵を与えているのか、それとも単純に見た目よりもアスリートなのか。

裂け目から這い出《はいで》た彼女は小さく吐息を漏らす。直近で望んでいた風景が見られたことへの喜びか。あるいはこのあとに待ち受けているハードな日々を思ってか、それはオレにはわからない。

「ほら、あの道は交易路のはずだ。歩いてりゃそれなりに冒険者だの荷馬車だのが行き交っているだろうから賊に襲われることはないはずだぜ。

　こっからが本番なんだろ、気張れよな」

「その、貴方《あなた》は」

「へっぽこ野盗団でも妙なやる気を見せられても困るし、時間稼ぎに戻るよ。居眠りしてたら逃げられましたって言えば許してもらえるかもしれねえからさ」

たとえへっぽこであっても、賊は賊。そんな甘い言い訳が通じるわけがないのはオレだけじゃなく、彼女も理解している。

　背を追われて万が一追いつかれる可能性ってのは捨てきれない。

ここまで逃がす手伝いをしちまったんだ。面倒ってのは最後まで、いやさ、今生《オレ》の最期まで見てやらんとな。

「オレのことより、やるべきことを成すんだ。リーゼ嬢、オレはアンタに逃げ道を用意するのが精一杯のしょうもない賊。だが、アンタはオレの命一つでもっと多くの人を助けられるんだろ。そいつをやってみせてくれ」

　これ以上会話を続ければこっちも生き延びたくなっちまいそうだ。未練ってのは怖い。

「せめて、せめてお名前を」

困った。名前か。……毎回あっさり死ぬから名前を持たないようにしているんだよな。

それこそ未練のもとになる。

だけど、そいつを聞かないと彼女にも未練を与えちまうかもしれない。

名前……。パッと思いつくものでもない。ロープを探しているときに目についた表記が
ふと思い浮かんだのでそれでいいかとも思う。

「グラムだ。どこにでもいるチンケなザコさ」

「グラム様。貴方は私の英雄です。……どうか、生き延びて。いつかお礼をさせてくださ
いませ」

貴族式の礼を取るリーゼ。

まいったなとオレは頭を掻《か》いてから、

「いい伯爵になってくれよ。賊だの人材商だのを一掃できるくらいのさ」

そう言い残して、オレはロープで来た道を戻る。

少しの間のあとに草木を踏み進む音が聞こえてきた。これで安心だ。

この後のオレがどうなったか？　わざわざ言うまでもないと思うが、ボッコボコにされ
てぶっ殺されたよ。そりゃそうだ。

けど、リーゼ嬢が逃げるだけの時間は十分に稼げたはずだ。これで十分。オレの今生に
も少しは意味があったかな。

【継暦150年　夏／5】

よっす。

なんだか全身が痛いオレだぜ。


頭もガンガンするし、体のそこかしこがひりついていたり、ぎちぎちと痛む。

そしてどうやら地面に転がっているらしい。

ようやくそうした状況に気がついて、ゆっくりと立ち上がる。

顔、頭に手を触れようとするとぬるりとした感触があった。血だ。

半《なか》ば乾いているところもある。

痛い痛いと思っていたのも打撲やら切り傷やら。何より周りにはオレと大差ない風体《ふうてい》の連中が転がっていたが、どいつもこいつも死んでいる。

状況はすぐに飲み込めた。どうやらオレの肉体は愚かにも自分たちが勝てない相手に喧《けん》嘩《か》を売り、めでたく完売。命ごと買い取られていったようだ。

が、そんな中でどうやらオレの命は徹底的敗北《ワゴン》から転がり落ちて売れ残ったらしい。

とはいえ、傷が浅いわけじゃない。このまま放っておけば遠からずオレも死の運命ってヤツにお買い上げされることになる。

転がっている死体を漁《あさ》る。

錆《さ》びついた短剣、残り二割程度になった革製の水筒、取るに足らない金額の小銭、人肌程度に温まったベーコン塊……。求めているものがなかなか見つからない。

一人の懐を弄《まさぐ》っていると指先が硬いものにぶつかった。取り出してみればそれこそが求めていたもの。

水薬《ポーション》だ。中身がどうかまではわからない。毒かもしれないし、水薬どころかただの水である可能性もある。だが、このままにしておけば死ぬのは火を見るより明らかだ。

「ままよっ！」

味もわからない、効果もわからない、どうなるかもわからない、何もかもがわからない。賊のおしっこだったらどうしよう。そうしたものも振り払うように叫び、飲み下す。

水薬の多くは魔術や請願《せいがん》の力が込められているもの。効果も多くの場合は即効性がある。そして、飲み下したそれは祈りが届いたのか傷口から燐光《りんこう》が漏れるようにしながら傷を塞《ふさ》いでいった。

治癒の請願、その効力の発露に似ていた。

しかし、恩恵は微々たるものであり命を繋《つな》ぐには足りていない。

だが、効果はわかった。この水薬こそオレを救ってくれるものだ。

わかったのなら奥の手がある。

オレの身には投擲《とうてき》以外にも力がある。使い勝手は良いのだが、一度使うと死ぬまで使えない燃費の悪さからついつい使い渋って使わず終わり《抱え落ち》となることもしばしば。

力といっても、技巧《ぎこう》ではない。

オレは空になった水薬の瓶に先ほどこれじゃないと投げ捨てた水筒を掴《つか》み、水を注ぎ入れ、心に描く。これで終わるな。もう一回くらい絞り出せないか、願うように思う。

水はやがて先程の水薬にも似た色合いに変化した。

これがオレの奥の手、『再利用』だ。今して見せたように使い終わったものを何らかの方法で充填《じゅうてん》するなどして再び使える状態にするってヤツだ。これは技巧じゃなくて超能力ってヤツに該当《がいとう》する。超能力ってのは個人が独自に持っているもので、教えたり伝えたりしたとしても他人には使えない独特の能力であることを意味している。

魔術は元々超能力を代替するために作られたものだって話もあったっけな。他人には習得できないことを除けば技巧や魔術、あるいは請願と大差はない。

オレの超能力《再利用》の弱点は元々の性能に劣るって点ではあるが、劣化品となった水薬も飲み下した後には痛みもだいぶマシになり、止血も完全なものになる。超能力様々だぜ。

ここで、ようやくにして置かれた状況を冷静に見られるようになる。転がる死体たちはかつての同胞たち。オレの動向を睨《にら》むものはどこにもいない。

つまり、今のオレは完全に自由ということだ。

×××

都市リゼルカ。

名前の通り、リゼルカ伯爵《はくしゃく》のお膝元。この辺りじゃ一番の都会だ。

この辺りは夏から秋にかけて気温の変化が緩やかで過ごしやすい。

冒険者たちに手厚い施策が幾《いく》つも用意されているらしい。根無し草の理想郷といっても過言ではないだろう。今の肉体はそれを理解していた。しているからこそ冒険者が多く現れるところで根を張って、相手の力量を読みきれずに大敗したんだろうな。

賊をやめて日の当たる生活ってのを目指してここまで来たが、正直どのように入るかについてはノープランだった。都市に入るのは極めて難しいはずで、現場を見てからプランを考えようと思っていたのだが、

「行商です」

「よし。通れ」

「傭兵だ、仕事を探しに来た」

「傭兵の募集は訓練所で行っている。通れ」

「旅人っす。メシの種探しに来ました」

「雑事は全て冒険者ギルドが委託している。通れ」

といった具合に誰も彼もを通行させていた。

ガバガバだ。普通は手形だの紹介状だのを見せて、それでも怪しいようなら面談を設けたりするはずなんだが。

というか、そうでもしないと都市一つを城壁でぐるりと囲む城郭都市《じょうかくとし》である意味がない。

が、今のオレには大変ありがたい状況ではある。

それとなく並び、そのうちオレの番が回ってきた。

「冒険者を目指しているんだが……」

「冒険者ギルドに行け。悪いようにはされないはずだ。通れ」

あっさり。実は袖《そで》の下《した》を渡しているとかだったらどうしようと思っていた。懐《ふところ》には小銭とベーコンくらいしかない。

それらに執着はないが、小銭だのベーコンだのでは袖の下にならないだろう。要求されなくて助かった。

門番の言う冒険者ギルドってのは、冒険者のために仕事を割り振り、報酬を用意してくれる組織だ。必要があれば冒険者同士のマッチングをしてみたり、冒険者を続けられなくなったもののサポートなんかもしたりと、相当に手広くやっている。

大抵の都市にはこの冒険者ギルドが存在しており、それぞれのギルドは相互に関係を持っているのだとか。

このあたりの知識は肉体のものではなく、オレ自身が持っている知識だ。消えない知識であるのを考えると憧れの強さってのが自分でもよくわかるってもんだ。

「ギルドの場所ってのは」

その質問に対して門番は壁に貼られた都市の地図を指し示す。

ご丁寧に現在地には赤い丸が付けられていた。

迷わずに行けそうだ。

ここまで来たのだから、目指すは冒険者！　夢を叶えるのだ！

×××

「お名前は」

「……ぐ、グラム、です」

「どちらからお越しに？」

「ずっと西の方に故郷《ふるさと》があった……ような、……気が……」

キレイなお部屋でキッチリ面接。

それは賊には縁遠い概念。いや、賊にもきたねえ部屋で尋問同然の面接ならあるか。

予想しておくべきだったが、頭空っぽで来ちまった。

名前に関しては直近の一件ですぐに出てきたが、故郷なんてまったくわからん。

東側より西のほうが色々と国も土地も広がっているはずだから、つい「西だ」と言ったものの、中身のないデマカセだった。

対応してくれているのは実に厳《いか》ついオジ様。入ってきたときに『ハイセン』と名乗った彼は立場ある人物特有の、なんというか重量感のようなものを感じる。

髭《ひげ》を整え、清潔感のある姿をしているが、逆にそれがどうにも妙な緊張感というか圧迫感を生んでいた。

彼の立ち居振る舞いや声の全てがまるで他人を判断するために作られた装置とその動作のようだ。

「では、最後の質問になります。貴方《あなた》は何故、冒険者を志《こころざ》したのですか？」

「それは――……」

理由はある。

話せることだってある。この周回《サイクル》であったことではない、オレをオレたらしめているであろう理由が。

けれど、これを話して冒険者を目指すなんて言ったところで信じてもらえるとも思えない。

「どのような理由であろうと、笑いはしません。食うに困ってるでも、遊び半分でも、理由と語れるものであればそれは立派なものです」

「そう言われちゃあ……わかったよ。けど、笑えたら笑ってくれよな。そっちのほうがまだしも気が楽ってもんだ」

曖昧に頷《うなず》く男性に対してオレも観念して胸の中にあったことを語ることにした。

「昔さ、冒険者に会ったんだよ。随分若い、いや、幼いくらいのな。けど、そんなのが危険な街道を進んで戦《いくさ》の臭いが強くなってる場所へと進んでたんだ。案の定、逃げてくる難民狙いの賊との衝突になってな。そこで賊が聞いたのさ。何故逃げる連中と逆を進む。危険な場所に進むんだってな」

「その冒険者はなんと？」

「自分が行くことで戦は止められなくても、そこで被害を受ける村の一つ、民の一人でも助けられるかもしれない。そうすれば自分は誰かの未来を作ることができる。冒険者ってのは自由であるもので、自分の自由とはそうしたことを貫くことだって」

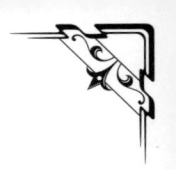

丸のまま語っても話が長くなる。掻《か》い摘《つま》んで言えばこうなるだろう。

とにかくオレはソイツを聞いて、

「シビれたよ。好き勝手生きてきたオレにない価値観過ぎてさ。そして、憧れたんだ。その子が言うところの冒険者ってヤツに」

「憧れ、ですか」

「ははは。ダメかな」

「合格です」

それは実にあっさりとしたものだった。

「合格？」

「ええ。合格です。そのような理想を胸に抱く、貴方のような人物こそ、我々冒険者ギルドが求めている人材なのです。ようこそ、冒険者ギルドへ。冒険者、自由と侠気《きょうき》に生きる兄弟よ」

×××

はい、冒険者になりました。

ではお仕事はこちら……とはならない。

面談が通ったあとは実際に冒険者として何ができるのかに関する聞き取り《ヒアリング》が待っている。できることを聞いて、それを実際に試して、等級をつけて、どのような技術力があるか次第で案内される仕事やら何やらが変わるのだと聞いた。

オレが申し出たものは、ちょっとした鍵開けならやれる、多少の対人気配感知ができる、気持ち程度には隠された罠に気が付きやすい。

目玉としては投擲の技巧、ってところだろう。

全てを提示しなくてもいいと事前に言われているのは冒険者はスネに傷を持っている連中は少なからずいて、何もかもを明かすことがギルドと冒険者双方に問題をもたらしかねないからだ。実際にオレも全ては明かさなかった。

隠したのは再利用の超能力。そもそも復活《リスポーン》に関しては能力よりも生態みたいなもんだと思っているので明かしていない。

再利用は有用だとは思うが、先程使ってしまった以上はもうこの命を歩む上では使えない。持っていないのと同じだから明かさないってだけだ。

「鍵開け、気配探知に罠探知、それに投擲の技巧と。……職能は斥候《スカウト》となりそうですね」

職能ってのは冒険者由来のカテゴリだ。今や国と同義となったお貴族様の領地や、そこに仕えている騎士様たちですら使っている概念。

簡単に言えば何ができるのかってだけなんだが、こういう共通認識ってのはあればあるほど話が早くなる。

特に冒険者ギルドによって定められた職能というのはどこにでも通用する免許みたいなものだ。

次は提示したものが本当にできるのかどうかの試験が待っている。もっとも、これに失敗したとしても職能が変わるだけだと言われたので気を楽にして受けることができた。

試験内容は宝箱や扉にかかった鍵を外す。目隠しをしてどの方角に人が立っているかを感知、部屋の中に罠があることに気がつけるならそれは何個わかるか。

それらを行うための施設を用意できるかで冒険者ギルドの規模や、その都市が冒険者ギルドとどれだけ懇意にしているかを知ることができる。

少なくともリゼルカにはきな臭い空気が漂っているが、冒険者ギルドとの関係は悪くはないようだ。

あるいは、そうした空気になるまでは悪くなかっただけで、そのときの関係性の貯金を削っている最中なのかもしれない。

試験結果としては『初心者とカウントはできないが、中級者にはちょっと物足りない』となった。

ここでの試験結果は冒険者の格を示す認識票《タグ》には影響しない。

あくまで職能の確定が主《おも》で、どのくらいスゴいかってのはオマケみたいなもんなワケだ。

仕事はすぐに斡旋《あっせん》できるが、危険度が高いものは提示できないと言われる。

こっちからしても平和な仕事で慣らしていきたい。

「では、グラムさん。こちらが貴方の認識票《タグ》となります」

ハイセンさんがオレに手渡したのは渋い色合いの金属片。それは一筋彫られた溝に緑色が差されていた。

緑は冒険者の格の中で最も下の位だ。オレはちっぽけな緑が刻まれた認識票《タグ》がたまらなく愛おしかった。

夢だった冒険者になれたのだ。

彼に早速仕事をしたい旨を伝えると、提案されたのは隣村への荷物配達。

寝物語の英雄を夢見て冒険者になる若者ならぶうぶうと文句を垂れるかもしれないが、オレにとってはこのお使いですらワクワクが止まらなかった。

×××

リゼルカから離れた村落でオレは住人に深々と頭を下げられていた。

「ありがとうございます」

オレが届けたのは背負えるだけの塩。

届けた先は、街と呼ぶにはやや物足りないくらいの規模の大きな村だった。

元々はリゼルカの貴族が治めていた荘園らしいがリゼルカ伯爵が倒れてからのゴタゴタの中でその貴族は命を落としたのだとか。

急に責任者不在となった荘園、リゼルカ自体も騒がしい状況にあったこともあり、後任が来ることはなく、このまま放置されてしまっているらしい。もしかしたなら一般的な賊であるところのオレにはわからない政治的事情が絡んでいることなのかもしれない。

住民たちは今まで通り仕事をし、生活に必要なものは物々交換で凌《しの》いでいるようだった。

塩に関しても物々交換の一環のものらしい。

交換の約束をしたもののリゼルカの治安悪化から来る賊の増加によって届けることが難しいために冒険者が雇われることになったわけ。

配達依頼自体はこれで両手で数えられないくらいの回数になったので、道中に危険性があるかもしれない依頼を回されるようになった。安全な仕事も楽でいいが、冒険者となったからには多少のリスクを抱えて挑みたいよな。

が、まあ結果的にはなにもなかった。無事に大量の塩を納品し、引換証を受け取る。

「責任者がいなくて大変なんだろうって話も出てたが、牧歌的だなあ」

「物々交換が成立したのが大きかったのです。やはりリーゼ太子《たいし》様こそがリゼルカの未来ですよ」

リーゼ嬢が元気にやっているってことだろうか。リゼルカの状況を考えればあっさりと統治できているわけではないのはわかるが、それでも都市以外のことも気を回しているようだ。冒険者の身分としては噂に聞くかつてのリゼルカと冒険者が手を取り合った時代ってのを見てみたいからこそ、リーゼ嬢にはぜひ頑張ってほしいね。手伝えることがあればいいが、オレができそうなのは依頼をこなすことくらいだろう。

×××

帰路。リゼルカと荘園のちょうど中間辺りに差し掛かったところ。木々と巨石の間を縫うようにして存在する道。巨石はよく見ればどこか人の手が入ったもののようにも見える辺り、昔はここに都市かなにかがあったのかもしれない。ここは過ぎ去った時代に思いを馳《は》せて息をつける素敵な場所かもしれないが、今までの賊として経験と勘が告げていた。近くに賊たちが伏せている。

超能力だとか技巧だとかそういったシロモノで気がついたわけじゃない。

スメルだ。酸っぱい臭いを感じたのだ。獣や亜人からはこの臭いは出せない。

動きはなさそうだ。というよりもこっちが先に気がついていて、相手はまだこちらを感知できてないって状況。ことなかれ的に行くなら後退して違う道を探す。

ただ、この賊を放っておけばあの荘園の孤立はより深まるかもしれない。

オレが優れた冒険者で、剣の一振りで敵軍を切り裂くような武芸の持《も》ち主《ぬし》ならここで連中を倒す道を選ぶだろう。それも真正面から。

だが、オレにはない。きらびやかな武才など持ち合わせがない。であればどうするか。

逃げの一手。

……なんてのを取るわけがない。オレなりに冒険者にしてくれたリゼルカと冒険者ギルドには感謝しているし、その土壌を作ったリーゼの一族には恩義がある。

そしてリーゼも何かしらのやり方でリゼルカのためになるようなことを続けているのが荘園の一件からも理解できた。

こういう場所で逃げの一手を打ち続けて返せる恩義なんてあるものか。

オレはこそこそと現場を後にする。重ねて逃げているわけじゃない。戦略的後退ってヤツさ。

石を拾い集めつつ、巨石の中から最も優れたポイントを探す。何のポイントかって？

当然、狙撃《そげき》に向いた場所だ。

拾い集めた石もただのいい感じの石ではない。やや薄く、尖ったもの。インクを乗せて風を切って突き進むのに特化した形状のものだ。威力においてはやや劣るが、大した装備もない、さしたる耐久性もない賊であれば即死か、そうでなくとも無力化はできるだろう。

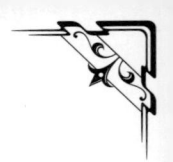

石は集めた。狙いも定めた。
さあ、戦闘開始《プレイボール》だ。

✖✖✖

「オッホエ！」

オレが気合を入れて投擲をすると遠くで悲鳴。

困惑している声を頼りに次々にオレは投擲を続ける。

「上だ！　あそこから攻撃してやがる！」

「クソがっ！　殺せ！」

流石《さすが》にこっちの武器にも慣れてきた。連中は木々を盾にしながらこちらへと進む。予測済みだ。こっちはこっちで木々に紛れるように動く。

気配はそう多くない。あとは六人程度だろう。

運がいいことが一つあるとすれば、連中の戦闘に関わる練度は大したことがない。人を害することには慣れていても害されることには慣れてないって感じだ。

「ま、待ってくれ！」

両手を上げて出てくる賊。とはいってもこっちを警戒して手と体の少しを見せる程度だ。

「俺が最後の一人だ。頼む、見逃してくれ」

命乞い。策を弄しているって感じはないな。本気なのが伝わる。

こういう状況は困る。ヒャッハーと襲い掛かってくれりゃあ憂《うれ》いなくこっちも殺せるんだがな……。

「わかった、もっと見えるところに出てこい。見逃すにしたって話し合いは必要だろう」

「そうだな。へへ……」

両手を挙げたまま姿を見せる。

髭面に目つきも悪い。

「この辺りの道でのさばってる賊か」

「ああ。そうだ。稼ぎが良くてな。だがそれも今日までだ。お前が生かしてくれりゃあよ」

「お前が心を入れ替えて生活をするってなら見逃してやってもいい」

「心くらいいくらでも入れ替えてやるよ！」

なんて会話をしながら隠し持った武器を投げつけてくるのも賊だ。

観察をしていると、気になるものが見えた。腰にあるものだ。

「その腰に付けてるの、なんだ？」

「ん？　ああ。これか？　こりゃあよ。へへ。趣味の一品よ」

縄で雑に括《くく》られた小物。それは人間の耳だった。

「他の賊から貰《もら》ったとか、自分の家族の形見だとか？」

「まさか！　こいつは俺が直々《じきじき》にやった証でよ！　ああ、勿論《もちろん》金輪際こういうことは――」

――ああ。こりゃあ、だめだ。

その言葉が終わる前にオレの手から放たれた尖った石が相手の顔面を貫いていた。

賊としての経験からわかることがある。

残酷なことを趣味にしている連中は心なんて入れ替えないってことを、だ。

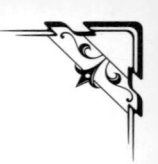

×××

荘園の帰り道に賊を討伐した報告を上げてからは賊の討伐の仕事も振られるようになり、他の冒険者たちとも臨時で一党を組むこともちらほら出てきた。

信頼を得てきているのを実感できるのはなんとも嬉しいこと。賊じゃあ得られない喜びだよな。

今回の仕事であるところの賊退治も無事終わり、施設に入るときに「ただいま」と言っても胡乱《うろん》な目で見られない程度には馴染《なじ》んできた。

「仕事完了っと。ハイセンさん、完了証明はここでいいかい」

今回の一件はなかなかにハードだった。道なき道を行き、手紙を届けるというもの。内容は知らない。口が堅いのがオレの売りでもあるからこそ名指しで依頼されたのだ。

「ご苦労さまです。おや、それは」

証明といっしょに見せたのは掌《てのひら》程度の大きさの紙片だった。

「先方からチップだっつってもらったんだけど、こりゃなんだい」

「これは……ああ、なるほど」

「渋い顔だな」

「確かにチップ足り得るものではあるのですが……正確には『あった』というべきでしょうか。炉《ろ》が稼働していれば現金化ができる小切手なのですよ」

炉。リーゼ嬢のときにもチラッと出た単語だな。

大昔にお偉い賢者様だか、古代文明だかが作り上げたシロモノでその使い道は多岐《たき》にわたる。水の浄化やら土壌を豊かにするだとか、儀式やら何やらのリソースの代替になったり、冒険者ギルドや協力関係にある連中は金銭のやりとりを代理で執《と》り行《おこな》う機能なんかにも使われているらしい。

ただ、現在のこの都市では炉は停止している。前述した金銭のやりとりを代理でってやつが行えないってのがハイセンさんの言うところの『現金化できる（できない）』に繋がるのだろう。

「炉って止まってて大丈夫なのか？」

「止まっているのは冒険者ギルドのものだけで、都市機能を維持するものは稼働しています。再起動させるにしても炉自体は伯爵家のお屋敷にあるそうですから、我々では手が出せません。仮に手が出せたとしてもこの都市の炉を動かす権利は伯爵家の人間以外にはできませんからお手上げであることには変わりないのですよ」

「それじゃ、オレにとっちゃコイツはただの紙切れってことか」

カウンターに置かれた募金箱。『救われない依頼に愛の手を』と書かれた箱に使えない小切手を差し込む。

「いつか炉が動いたら役立ててくれよ」

「よいのですか？」

「それまで生きているかもわからんからね」

なんの気なしに言った言葉にハイセンさんは苦い表情をする。命が軽い奴ってのは言葉も軽くなっていかんね。隣人にそんな表情をさせちまったのは反省しないとだ。

✖✖✖

オレが主《おも》に受ける仕事は『あぶれ系』だ。不人気依頼ってヤツだな。微妙な場所の配達だとか、臨時の一党だったり、ゲスト的に別の一党に組み込まれるものだけど報酬が伴っ

てなかったり。

望んでそういう仕事を受けているのは、なんとなく人様の役に立てている感があるからだ。オレに冒険者って夢を与えてくれた人のようにたった独りで旅をして回れるような人なら選択肢も多かろうけど、オレの実力じゃあこういうやり方じゃないとその実感ってのを得られにくいのだ。

仕事を受けるなら報酬よりも実感と肯定感を重要視しちまうのさ。

今回の依頼も不人気系だ。何かありそうな場所を調べ、事前情報をかき集めるってヤツで、斥候の職能でなけりゃ受けられないが、斥候ならもう少し割のいい仕事や安全な仕事がある。そうなるとあぶれ系の仕事になるってわけさ。

「戻ったぜ、ハイセンさん。ありゃあただのゴブリンじゃあねえな。もちっと厄介そうな奴だったよ」

「お疲れ様です、グラム殿。ゴブリン以上、となると」

「職能持ちのゴブリンならマシ、最悪の場合は碌《ろく》でもねえテイマー辺りだろうかね」

職能で表現されるのは何も冒険者を含む人間だけのものじゃない。カテゴリってのは便利なもので、敵が何者かを一言で説明するのに扱いやすい。職能持ちのゴブリンだと、魔術を扱う小鬼《ゴブリンメイジ》、武術を扱う小鬼《ゴブリンウォーリア》だのは冒険者になってから見たことがある。

テイマーってのも職能の一つで、食い詰めたり、人里で暮らせないような性格をしている冒険者崩れが職能を使ってゴブリンの王様気取りをするケースもなくはない。

人間の知恵と指揮で動くゴブリンは職能持ちが数匹いるよりも厄介だ。

報告を聞くと手早く次の依頼が作られる。腕利きの一党を募集し、巣穴を殲滅《せんめつ》する。後払いの基本報酬に出来高払い付き。今は出払っているがそのうちリゼルカの冒険者でもエースと呼ばれるような奴らが戻ってくれれば彼らにオファーが飛ぶだろう。

オレには声はかからないし、もしかけられたとしてもお断りする。身の丈に合わなすぎている。命だって惜しむさ。何せ夢の冒険者稼業ができているんだからな。

仮にエースが受けずともこの手の仕事は引く手数多《あまた》。オレが意気込む必要もないのだ。

「酒呑《の》む前に次の依頼でも探しておきたいんだが」

「であれば、こちらはいかがでしょう」

行商の護衛依頼。既に赤色位階に相当する腕利きを二人雇っているが斥候を職能とするものも雇いたい。……普通の行商なら赤色どころかその一つ下の等級である黄色等級一人二人で満足するだろう。

それを赤色相当を雇った上で斥候まで欲しがる……？

「キナ臭えなあ。それに赤色『相当』ってなんだい」

「前職の影響などから下げている認識票《タグ》の色よりも優れている人材というのは珍しくないのですよ。ただ、その『相当』に関して冒険者ギルドから保証するものはありませんが」

なるほど。怪しい。

……というのが顔色に出てしまっているようで、

「なかなか募集に応じる方がおられません。公示されないよう手配もされておりますからね」

「で、オレに回したってわけか」

信頼度が必要な仕事。そこにオレに声を掛けてくれたってのはなんだか嬉しくもなる。

「お好きでしょう、キナ臭いご依頼が」

「流石はハイセンさん、話がわかる。へへへ」

✕✕✕

渡りをつけてもらい、面通し。

行商人とのことだったが、そうは見えない。服装こそ行商のそれだが、妙な品の良さがある。妙なといったのは貴族であれば美点として表に出すそれを着衣や装飾品でひた隠しにしているように見えたのだ。

「お初にお目にかかります。ご依頼を受けてくださった――」

「グラムだ。……細かい事情まで詮索する気はないけど、そんな気品のある行商人見たことなないぜ」

隠せるなら隠したほうがいいのではないか、という遠回しの助言だったが。

「それは、ははは。いやはや、ご助言痛み入ります」

オレの心は伝わったらしい。

「ハイセン殿には信頼できる方へ依頼を出して欲しいとお願いしていたのですが、オーダー通りでしたね」

正直に気持ちを伝えたのが好感触だったようだ。ボーナスに期待しよう。

それにしても『他の方が受けなかった』じゃなくて『誰も紹介しなかった』じゃねーか。いいけどさ。前向きに考えりゃ買ってくれてるってことだろうし。そういうのは賊社会じゃあないものだったしな。

「で、仕事内容は」

「それは」

「こちらから説明しよう」

部屋の奥で控えていたであろう女性の声。

聞き覚えがある。

空間を仕切っていた布を開いて現れたのはいつぞやの赤毛の女騎士殿だった。上手く逃げられたんだな。

その傍《かたわ》らには水色の髪の毛の僧侶風の少女も。

なるほど。赤色『相当』か。あのときの戦いぶりを見れば確かに十分に相当すると言って差し支えないんじゃなかろうか。

とはいえ、彼女たちからしてみればオレは初めて会った人間。

オレも自らの身に備わる復活《リスポーン》について話してまで認知してもらおうとも思えなかった。

どうにもそのことを人に話すと、その相手を不幸にする気がしている。周回《サイクル》の中ではない、過去のどこかで手痛い失敗や経験でもあるのだろうな。

「私はアーシャ。身の上に関してなのだが……」

明かしたくはないが、それで信用の一端となるならという口ぶりだ。

「気にしないさ、雇《やと》い主《ぬし》に信頼されているであろうってことは伝わってくるしな」

会話の途中で入ってきても雇い主からの文句もない。それはこれ以上ないほどに彼女を信頼している証と見えた。

「こちらは私の相棒の」

「カイリと申します。アーシャと共に刻印聖堂《こくいんせいどう》の学舎《まなびや》で育った仲です」

刻印聖堂ってのは多数の請願の維持管理に手配をしている組織、いやさ、請願って技術そのものを教義に含めた大宗教だ。

僧侶のような装束《しょうぞく》は刻印聖堂の正式なもの。纏《まと》うのにも免許がいるって代物《しろもの》だ。

るのだろう。

そこらをちょろまかしているでもない限りはこのカイリって少女はそれなりの立場にあるのだろう。


「あー、グラムだ。取り立てて人に誇れるものはないが、よろしくな」

自己紹介もそこそこにアーシャは「依頼についてだが」と切り出し直す。

「端的に言えば、この都市からの脱出だ。出るまではそう難しいことではないが」

「出てからがヤバいのか？」

「……ああ。こちらの御仁は少々、商売で敵を作ってしまってな」

「質問は許されるのかい」

それは彼女たちだけではなく、雇い主に対しても向けたもの。

返答を求めたのはオレだけではない。アーシャとカイリも行商《そちら》へと視線を向ける。

「ああ。勿論。だが……その前に話すべきことは話さねばならないな。自己紹介が遅れて申し訳ない。私はロフォーツ。リゼルカとは血縁的な繋がりがあってね」

「どうにも治安の悪化が見られて状況を確認しに来た、が、悪化の原因かなにかに睨まれたってところか」

「ご明察の通りだよ、グラム殿」

この都市で冒険者を始めてわかったことがある。リゼルカってのはすげえいい街だ。

悪いやつは少ないし、物価も安定している。オレが冒険者として過ごした短期間ですらそう感じたし、周りの話を聞けば元はもっともっと住みよい都市だったのだとか。

ただ、それは少しずつ翳《かげ》ってきている。理由は統治者が変わったからだ。

リゼルカは伯爵領であり、当然都市に名を冠するリゼルカ伯爵が統治するはずだが、ある日、伯爵が倒れてから状況が緩やかに変わり始めたらしい。

もっとも、倒れたという情報の出どころは伯爵家で働いていた給仕が漏らしたことで、その給仕も今は行方不明。大いなる闇を感じる。

いい都市だ。だが、日々その評価が揺らいでいる。大手を振って人材商が入り込み、伯爵家の騎士ではなくどこから来たかもわからない傭兵たちが治安を守り始めた。守っている治安は市民ではなく何者かの利益なのだろう。その何者かまではわからないが。

「リゼルカにとっての重要な人物が都市から逃れたという話を聞いてね、それを探すためにも故郷に戻って態勢を整えたいんだ。その人物さえ守ることができればリゼルカの現状を改善させることができるかもしれない」

この時代、伯爵ってのはかつての立場で言うところの王に該当すると言っても過言じゃない。

だからこそ、伯爵の跡を継ぐものは王位を継ぐものと同様に『太子』と呼ばれるのがいつのまにかスタンダードになっている。

その重要な人物ってのはその太子様なんじゃないのかってのはなんとなく思い浮かぶこ

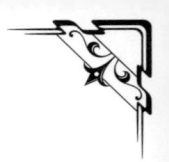

と。つまりはリーゼ嬢がそこに該当するのではないか、と。

一度助けた相手がまた困っているなら最後まで……は責任は持てないが、少しくらいは気を回したって趣味の範疇《はんちゅう》で収まるだろう。

「で、ここまで話したからには、ってところだよな」

「乱暴を働く気はない。が、もしも断るにしてもここでの会話は」

「断る気はないぜ、ロフォーツ殿。ただ、頼みがある」

ひとまず聞くだけなら、といった感じで頷くロフォーツ殿。

「探す予定の人物がオレの知り合いかもしれん、もしも探すことになったならオレにもその仕事を回してくれないか？」

「ハイセン殿が推薦した斥候殿からそう言ってくれるのは助かります。それだけこの都市を案じてくれる冒険者の存在も、救われる気持ちですよ」

仕事を受けるのは確定した。

ここからのスケジュール説明に関してはカイリのお仕事のようだ。

「抜け道を使って、まずは都市外へ。それからは旧道をずーっと進むことになります」

広げられた地図にある手描きで追記された道を細い指がすーっとなぞる。

賊の知識が刺激され、幾つかの記憶が浮上してくる。

「おそらく、ここところには賊が出る。こんなところを根城にするようなアホだから戦力

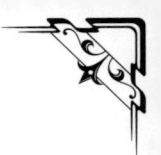

としては大したことはないが、逆に言えばこんな場所にいるからここにのさばっているまだろう」

カイリはやや驚いた表情を、アーシャは顔色には出さないものの警戒の色が濃くなった気がする。

そりゃあまあ、こんなところの賊のことを何故知っているのか。

でまかせか、でなけりゃこいつらのご同輩《どうはい》ってことになる。

なにより、今は冒険者の身分じゃあるが、そもそもは賊のご同輩であるのも間違いないしな。

ごまかして不信を買い続けるのは損が大きそうだ。美人二人にそういう目で見られて喜ぶタイプでもないんだ、オレは。

「オレの前職は賊なのさ。群れてた連中が死んだのがいい機会だと思ってね」

「……賊が都市に入れるとは」

「都市の治安悪化は問題だよなあ」

「それ、自分で言いますか」

驚きを隠さないアーシャと苦笑いを浮かべるカイリ。少なくとも彼女たちからは悪感情が刺さってくることはない。

「今までの悪さの分はこういうところで返していきたい。まあ、そういうわけだよ」

「ここで嘘《うそ》を言っても仕方ありませんし、何より賊だった人と話せるのはいい機会です。是非色々とお話を」

「カイリ、好奇心を満たそうとすると今日一日を潰すことになるだろう。終わったあとにじっくり聞いてくれ。今は」

「そうでした。ええと、しかしそうなると」

「奇をてらわずに交易路を使うんじゃだめなのか？」

どうやら、その提案は既にカイリから出されていたらしいが、万が一襲われたときに関係のない人間まで巻き込みかねない状況を回避したいとロフォーツから申し出があったのだという。

そうなれば確かに旧道を使うしかなくなるのか。

「一日待ってくれりゃ賊に話をつけられるかのチャレンジをしてみるが、どうだ」

「願ってもないことですが、その……賊を経験した方であっても危険ではありませんか？」

カイリの声はこちらの身を案じるようなものだった。

「危険かもしれねえけど、冒険者ってのはそういうもんだろう」

「それは……そうかもしれませんが」

それは聖職たる身だからか、当人の心根の優しさか、もしかしたら罪悪感とかそういう類《たぐい》かもしれないが、どうあれ送り出すことはあまり前向きには考えていないらしい。

「賊を怒らせるようなヘマは踏まねえよ。それに事前に旧道の状況は調べておくってのも斥候としての仕事だろ。それにちょっとしたオプションが入るってだけさ」

「……冒険者としてはリスクが大きいオプションにも思えますが」

「リスクを排除して安定を取る、って冒険者が普通なのかね。けど、オレが冒険者になりたいって憧れたのはさ、誰かの未来を作るために冒険者をやっているってお人と出会ったからなのさ。ただ、オレは誰かの未来を作るなんてことができる大人物じゃない。けど、今回の依頼人はそいつができる御仁だって信じたのさ」

「憧れた方に倣《なら》って、誰かの未来を作るために危険なオプションをこなそうと」

「真似事ばっかでカッコ悪いかな」

少し困った表情を浮かべるカイリだったが、それを改めてまっすぐにオレを見た。

「冒険者というものに、私も誇りを持てそうです。……勿論、貴方がちゃんと戻ってくることができたら、ですよ」

釘を刺された。確かにここまで大口叩いて戻ってこれないのはカッコ悪すぎるもんな。

×××

話し合いの結果、出発はすぐに。ただし、旧道を進む前にオレが賊たちを説得し、ダメならアーシャたちに助けを求める。

流石に賊に向かわせて帰ってきませんでしたは三人からしても後味が悪すぎるか……。

人の気持ちってのを考えない献策だったかもな。反省。

最初に言っていた抜け道というのは地下道だった。排水に使う予定だったものだが、何かしらの問題から使われることがなくなったあとに、その存在を知るのは都市でもごく一部……伯爵家やそこに連なるものだけとなった。

首尾よく都市外へと出たオレたちは少しばかり移動をし、賊のナワバリ近くで分かれることにした。

最後まで同行を求めたのは騎士であるアーシャではなくカイリだった。

「人相で人の何たるかを定める気はありませんが、死相というか、命を軽んじている気配をあなたから感じます」

だから言い方は悪いが無茶をしないように見張りたい、そういうことだった。

流石に賊たちの前にお嬢さんを連れていけば話し合いになるものもならない可能性が大きいので、その辺りを理由に同行は断った。

記憶にある通り、賊の見張りの姿が見える。勿論、隠れているが元同業者からすりゃあバレバレだ。だからこそ接触も容易ってもんで、

「おおい、兄弟。こんな辺鄙《へんぴ》なところで飯の種にありつけるのか？」

相手は警戒をする。

賊ってのは基本的にナワバリを死ぬほど重要視する。それを無視して現れる賊ってのはそれだけ実力があるか、特別な何かを持っているって証左になるってもんだ。

オレにはなにもないが、そう思われることを知っているのがある意味で特別な武器と言えるだろう。

「そう警戒すんなって。ほれ、土産だ」

相手に向かってぽんと投げ渡したのはロフォーツさんのところから失敬してきた葡萄酒《ぶどうしゅ》。

勿論許可は得てるのでそこは安心してくれ。

賊は警戒よりも恐らくは久方ぶりの酒に釣られた。

「さ、酒ぇ？　……へへへ、ありがてぇ！　兄弟、おめえさんこそどうしてこんなとこに？」

「代替わりはしちまったと思うが、昔この付近のお人に世話ンなったことがあってよ。恩を返しに来たのさ」

「恩を？」

「ああ。耳寄りな情報ってやつよ。……物騒な冒険者が近くに来てるんだ。賊狩り専門だとかって話だ。今日明日は獲物を探してうろついているだろうから巣穴に引っ込んでいたほうがいいって、おたくのカシラに伝えてくんねえか」

寝耳に水、といった感じで彼が走っていく。

少し経《た》つとちょっと腕っぷしがありそうな賊が呼びに行った手下を連れて現れた。

「おい、兄弟。話は聞いたが、マジか？」

「マジもマジ。大マジだ。リゼルカが賊狩りにいよいよ金と人を向けるつもりになったのかもしれねえ。アンタ、他の賊に渡りはつけられないか？」

「話は聞いたが、おれたちはその恩人じゃあねえんだぞ。なんでそこまで」

「できればこの辺りで血を流してほしくねえんだよ。恩になった人が……眠ってる、場所だからよ……グスッ」

「きょ……兄弟。……わかった！　他の賊にはすぐに知らせる！」

「そうか、ありがとうよ！　オレは都市のほうに向かって時間稼ぎができねえか試してくる！　それも半日が限界だろうが」

「任せとけ。兄弟の仁義に泥はかぶさせやしねえからよ！」

×××

「という感じで、うまくいったわけだ」

「言いたくはないのですが……人を騙《だま》す才能に溢《あふ》れておいでですね」

「もう少しいい感じの言葉はないのかよ、人誑《ひとたら》しとかさあ」

カイリは「人誑しは耳ざわりのいい言葉でしょうか？」と苦笑を浮かべつつ、しかし、

「命の奪い合いを回避できたことに感謝します」

そう頭《こうべ》を垂れた。

「私も刻印聖堂の聖職……元、ですけれど。だから、どうしても余計な戦いをするのはどうにも」

「そういう趣味じゃあないかぎり、真っ当な感性だと思うし、好ましい考えだと思うがね。っと、刻印聖堂と言えば……」

刻印聖堂は学識を広める組織であり、そして宗教組織でもある。宗教としての教義は色々とあったはずだ。例えば、聖堂が持ちうる力を発揮することを是としている、とか。

聖堂から与えられた力が治癒を行う請願であるならば人を癒やすことが祈りの代わりとなる。

つまり、戦う力を与えられたものであれば。

「カイリさんはやっぱ、聖堂から請願なんかを与えられているのかい」

「ええ。幾つかの請願と縁を結ぶことはできましたが、多くは戦いに関わるもので」

先ほど彼女は聖職ではあったと過去形で言ったあたり、祈りと同意義である戦いを嫌って聖堂から去ったんだろうか。

他人の人生に簡単に踏み込むものでもない。一体どういうことなのかと聞くわけにもい

かない。

「戦いを避けて、カイリさんが喜んでくれるってなら賊だったたって経験も悪かないね」

賊だったたって過去は間違いなく恥ずべきものだ。今は冒険者だからって過去の汚れが消えるわけじゃあない。だが、それを道具におどけてみせればカイリさんもまだ少し困ったような雰囲気もあるが、笑ってくれた。

賊の経験も生きて、かわいこちゃんも笑ってくれる。今日のところは賊にばかりなる我が身に感謝をしておこう。

それから半日と少しを待機で消費し、そうして本格的な逃避行が始まる。

×××

目的地までは一週間ほどの旅程で、目標地点まで半ばといったところまで来た。

ロフォーツを迎えに来ているものが境界線ギリギリで待機しているそうで、そこまでは警戒が必要だが、迎えと合流すればあとは道中昼寝をするくらいには余裕が出そうだ。

というのも、彼を狙う連中がリゼルカ側の人間であれば領地を侵してまで襲うのはリスクが大きいからだ。

リゼルカは安定こそしていても軍と呼べる戦力は他の伯爵領と比べて規模が小さい。

目的地としている隣領の戦力とぶつかり合えば簡単に消し飛ぶほどに。

……というのはアーシャの受け売りだ。

ロフォーツの体力次第では合流までの予定が後ろに倒れると思っていたが、お貴族様だと甘く見ていたと言わざるを得ない。

弱音の一つも言わないどころか、野営では誰より働く彼の姿がある。雇い主は座っててくれとは言ったが趣味が野営だと言い、なおかつ冒険者三人の誰よりも手際がいいとなれば止める理由はなくなっていた。

道中を振り返ってみると、賊たちはオレの涙ながらの説得が効いているようで襲撃に現れることはなかった。

とはいえ、油断はできない。夜の見張りは緊張感があった。

今夜は少し風が出ている。木々が揺れる音ですらビビり散らかしていた。誰かに見られていたら恥ずかしい。

「緊張しているな」

「うおっ……と、アーシャさんか。驚かせないでくれよ。ビビリなんだからさ」

「すまない。いや、しかしリラックスしてうたた寝されないのはありがたい」

ビビリに対してありがたいとは。彼女なりの慰《なぐさ》みだろう。こういう優しさも賊をやってちゃもらえないものだ。

【継暦150年　夏／5】

「依頼の完了まではビビり散らかしっぱなしでいるよ」

空を見上げる。月や星の振る舞いで大体の時刻はわかる。まだ見張り交代までは時間があるはずだった。

「交代にはまだだいぶ早いと思うけど」

「これ以上は眠れそうになくてな。君に興味もあった。となれば」

「雑談するにはいい機会ってわけかな」

「君が嫌でなければ」

カイリとはまた違うタイプの美人だ。言っちゃなんだが賊をやってればまず出会わない人種。

賊のオレがよく見るのは酸っぱいニオイ《賊スメル》を撒き散らす野郎ばっかだからな。

断る理由がないことを伝えると、オレの隣にある岩に腰を掛ける。

「君自身にとってリスクのある作戦を取ったのは何故だ？」

「あー、賊をどうにかするって話か」

「確かに私達には累《るい》の及ばないやり方ではある。君の命以外を天秤《てんびん》には掛けないものだからな。だが、それをするほどの理由は君にはなかろう」

「言ったろ。オレのやり方で」

「誰かの未来を作れるなら、か？　だが、未来があるのは君も同じ。無茶をして失えば」

そうなんだよな。

普通は命は一つっきりの大事なもの。オレにはそうではない。死は終わりじゃあない。次の始まりがあるだけの通過点でしかない。

だからオレの命は重くない。たった一つの《他人》命と比べるまでもないほどに軽い。だが、オレの性質について説明でもない限り、オレの行動は命を軽視する自殺志願者のそれであるのは勿論理解している。

ただ、オレの性質——つまりは復活《リスポーン》について他人には明かせない。どうしてそう思うかはわからないにしても、ハシゴを登っているときに手を離してはいけないとか、嵐のときに海に出てはいけないとか、そういうわかりやすいレベルで脳が「やめろ」、「するな」、「話すな」と危険信号を送ってくるのだ。

「前も言ったが賊上がりなんだ、オレはさ。人に誇れるようなことは何一つできちゃいないし、しちゃいない。贖罪《しょくざい》代わりにやれることと言えば命を張ることとくらいなんだ」

賊なんてのは斬られてなんぼの有象無象。

税を納めるのが厳しいからと農民などから賊に堕《お》ちるものもいなくはないが、大体の場合は戦奴《せんど》だの、ごろつき同然の兵士や傭兵が規律や報酬に不満を持って離脱したり、そもそも雇い主が敗北して職にあぶれただのから賊になるケースが多いらしい。

そんな連中がやることは語るもおぞましい行い、もしくは更に食い詰めて野垂れ死にか。

「アーシャさんこそ」

「アーシャで構わない」

「んじゃ、アーシャ。なんで冒険者に？　カイリは刻印聖堂から出てきたって話だったが」

首から下げている認識票《タグ》とは別に幾つかのアクセサリがある。そのうちの一つは間違いなく聖堂の権威を示す聖印であった。

聖印もまた、認識票《タグ》同様に幾つかの種類があったはず。彼女が首から下げているのは――

「学舎で修士課程を修了すれば家格に箔《はく》をつけることになる。爵位《しゃくい》を持たぬ家はいつだって名誉というのを欲しているし、親は子にそれを求めるものさ」

その言葉から親への嫌悪などは感じない。家のために子が尽くすのは当然、というおカタい感もない。彼女は至極単純に、家族愛というやつなのだろうな。そのために聖堂で学徒としての日々を過ごしたのではないか。

「修了はしたものの、まだ家に戻りたくない気持ちが強くてね。聖堂での日々が自分の限界を押し広げたような気持ちがしたんだ」

「自分試しに冒険者になった、ってことか」

「価値ある行いのために冒険者になった君とは違う」

だから、理由もなくオレが行ったことが尊いと言いたいのだろうか。

「それでもアーシャだってロフォーツさんの依頼が危険なのを理解している上で受けてる

んだろ？」

「勿論、そうだ。しかし……」

実に言いにくそうにしている。

しかし、どうにも隠し事というのが苦手な人らしく「仲間に黙っているのも誠実ではないな」と。

この短い間で仲間と認識してくれるのも賊相手に冒険したからだろうか。

「私の一族は代々リゼルカ伯爵の側近をしたのだ。武芸で御身を守るであれ、学識を得て伯爵をお支えするであれ。家格に箔が付けばリゼルカにとっても――」

そう言いかけたところだった。

気配と影。ロフォーツやカイリのものではない。

オレは近場にあった石を摑むと叫ばずに投げつける。うめき声と同時に人の倒れる音。

アーシャと視線を合わせ、オレが声の方へと向かうことに。

倒れていたのはそれなりに装備の整った男。冒険者かどうかはわからないが、少なくとも賊ではない。装備が整いすぎている。不健康そうでもなければニオイも酸っぱくない。

「どうだった」

アーシャはカイリ、ロフォーツ両名を連れて現れる。

「賊じゃないな、言いたかないが、恐らくは」

「正規の兵士か」

「伯爵領で増えてる体制側の傭兵かもだけどな。どっちにしろこっからはゆっくり進めそうにもない」

オレとアーシャの会話を聞いたロフォーツは一歩前に出ると、

「私は大丈夫です。可能な限り急ぎましょう。傭兵が動いたとなれば……彼も動くかもしれない」

彼、が誰を示すものかはわからないが、アーシャの表情は優れない。

理由を問うている暇はない。オレたちは先を急ぐ以外の選択肢を持ち合わせてはいなかった。

×××

地図の上で、最大のネックである場所があった。

合流地点へ至る道だ。

到達するためには手前にある森を抜ける必要があるが、追走側がこちらを止めるために兵を伏しているとするならここだ。

かといって、他の道は川や山。何の準備もないままにそちらに行って進む道を得られなければ追走側に追いつかれる。

森であればもしも襲われたとして、ロフォーツさえ抜けることができれば境界線の向こうで待機している合流者が守ってくれる。

山や川を選択しなかったのはいざというときの一手があるかないかの差だった。

先頭はオレが、アーシャとカイリはロフォーツをがっちりと守っている。

急ぎながら更に人の気配を感知できるかは正直、運だ。オレの能力が不甲斐ないからである。職能が斥候ではあるが、あくまでカテゴリ的に振り分けられただけ。

振り分けられたら才能や技術がどこからか降ってくるってわけでもない。

自分で言うのも何だが、そして今感知に必要となっている運についちゃあオレは自信を持って言える。オレの運は悪いほうだ。

こうして先頭をひた走るのは運悪く感知できなくとも、オレめがけて攻撃が飛んでくれば警鐘代わりになれるからでもある。

自分の命を軽んじているとカイリには再び苦い顔をされそうなやり方ではあるが。

「……！」

何かが感覚器に訴えかけてきた。思わず勢いをつけて顔をそちらへと向けてしまう。

感知したのは風の音の微妙な変化。こればかりは本当に感覚の話で、言語化ができない。

ただ、少なくとも前方の木陰に何かがいるのだけは間違いなかった。

足を止めたオレを見て三人も立ち止まった。

「不意打ちは趣味が悪いと思うぜ」

オレの言葉で諦めたように現れたのは見覚えのある人物だった。

口元まで覆った頭巾《ずきん》に外套《がいとう》。

手に持った剣は、少なくともこの周回《サイクル》では忘れようもない。オレを斬り捨てた代物だ。

「声掛けに感謝しよう。命令こそされたが、自分も不意打ちで人を斬るのは好みではない」

「黒外套、また貴様か」

アーシャもまた一歩前に出て言葉に応じる。

「……アーシャか。あのときに殺しておけば苦悩は断ち切れたのかもしれぬな」

「私の名を知っているのか」

「知らぬわけもない、お前は」

『黒外套』と呼ばれた人物が頭巾を取り払う。

あらわになったのはアーシャと同様の、赤い髪の青年だった。

偉丈夫《いじょうふ》というよりは美丈夫というべき風貌《ふうぼう》だが、表情は翳っており、美貌を損ねているようであった。

「あ……兄上」

「久しいな、アーシャ」

これはこれは、悪い方向に物事が進みそうな状況になっちまったな。オイ。

「ミグナード。話には聞いていたが、本当にそちら側に付いているのだな」

「ロフォーツ様。いえ、エンヘリカ太子閣下《かっか》とお呼びするべきでしょうか」

貴族どころか隣領の次期伯爵だったのかよ、アンタ。無茶をするなんてレベルじゃないぞ。

「武器を置いてくれ、ミグナード。私は君たちと戦うために都市へ赴《おもむ》いたわけじゃない。ましてや、君に牙を向けられることほど悲しいことはない。幼少の砌《みぎり》に共に過ごした君と」

「……申し訳ありません、ロフォーツ様」

構えられた剣が振るわれるのと同時にオレは動く。

それは一度見ている。

無形剣《ブレイズ》。振るえば指定した場所に巨大な剣を生み出す脅威の一撃。

一種でも扱えれば天才と呼ばれるものだとは聞いている。

つまり、ミグナードはその天才様だってわけだ。

オレは「あぶねえ！」と叫び、ロフォーツへとタックルを敢行する。

次の瞬間、彼が居た場所にインクで作られた擬似的な刃《やいば》が伸びて、そして光の粒となって消える。

鎧《よろい》を着込んだ兵士ですら真っ二つにするって代物だ。大して着込んでもいないオレやロ

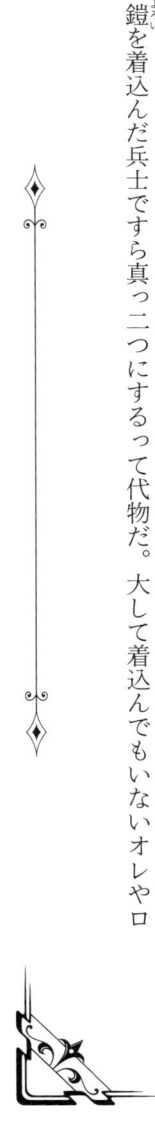

フォーツに当たれば致命傷になるのは確実。

「た、助かったよ」

「気をつけてくれよ。こっちはアンタが死んだら即負けなんだからよ」

無形剣《ブレイズ》を放ったミグナードはゆっくりと構えを戻す。

連続で放たない理由はアーシャとカイリが次の技に合わせて反撃をしようとしているからだろう。

オレみたいな格下相手なら何も考えずにバカスカ無形剣《ブレイズ》を撃てばよかろうが、そうしない辺りミグナードからしてもアーシャとカイリは厄介な相手ってわけだ。

だが、にらみ合いを続けているわけにもいかない。

追走してくる連中が到達するまでの残り時間が長いかも短いかもわからないからだ。

ロフォーツは苦々しい顔をしている。

まさか旧知の仲の人間が無形剣《ブレイズ》を放ってくるとは、という感じとは違いそうだ。

視線が揺らぐように動いている。恐らくはアーシャが兄上と呼んだミグナードと戦わせたくない、その感情から来るものだろう。

「ロフォーツさん、二人を連れて逃げてくれ。状況はオレが作る」

「それは」

「依頼者にそれを願うってのも変な話だけどさ、二人ともやり合う気満々だろ」

オレは依頼を達成したい。しかし、そのためにアーシャとカイリを犠牲にしたくもない。三人のうちの誰の命も失いたくはない。

一方で、命の軽さで言えば、オレに勝る奴はいない。吹けば飛ぶような命なんてもんじゃない勢いで飛ぶぜ、オレの命ってやつは。

「行ってくれ、頼む」

「……わかった」

同意は取れた。

ならばあとはやるべきは一つ。

「オッホエ！」

足元の石を拾い上げると、その掛け声と共にミグナードへと投げつける。

冒険者生活でちっとばかりはピッチングフォームにも磨きがかかった。当たればタダでは済まない一撃。飛来するそれに対してミグナードは気が付くと剣を盾にするように防ぐ。

剣を岩に叩きつけたような重い音が響くが、ミグナード、痛手の一つも与えられていない。

オレの投擲と同時に動いたのはロフォーツ。

「二人とも、護衛の続きを頼む！」

呼びつけるではなく、依頼を継続してくれという言い方は巧《うま》い。

二人は足止めに石を投げているオレを見やる。実質的な捨て駒というか……東側じゃこういうのって捨《す》て奸《がまり》とかって言うんだっけか。

そりゃあ味方を壁にして逃げる選択肢は取れないよな。

「今は逃げろッ！」

叫ぶ。

本音だ。

ミグナードがこちらの意図を察して行動の邪魔をしようとするが、易々とやらせるわけにはいかない。

「オッホエェ‼」

気合の一投。速度はさっきよりも出ている。肩が温まってきたぜ。

が、再び剣で阻《はば》まれる。

しかしそれもあっさり防げた、というものでもない。こちらに体勢を向けてしっかりと受けきらねばならない程度には危険視してくれた。

三人はその隙に走って森を抜ける。

これでいい。

「ミグナードさんよ、オレを何とかしない限りは追いかけるのは危険だと思うぜ」

「……そのようだな。投擲の技巧など無形剣《ブレイズ》の前では物の数ではないと考えていたが、誤りだった」

剣を構え直す。

倒すべき敵だとこちらを認識したわけだ。いやあ、無形剣《ブレイズ》使えるヤツの本気は受け止められないんだよなあ。

だが、それでも一秒でも長く時間を稼ぎたい。

こういうときは賊の流儀でいくしかないな。

「なあんてな！　待ってくれ！　調子に乗りたかっただけなんだ！」

「……何？」

先程まで毛ほどでも脅威を感じた相手の気の抜けた言葉。

「オレはアンタたちに歯向かおうって気はさらさらないんだよ、あの女どもの前で格好つけたかっただけだ！」

一瞬でも好敵手と思った自分がバカだった、そう言いたげに表情を歪《ゆが》める。

よしよし、それでいい。だが、もういいと切り裂かれちゃあたまったもんじゃない。

「アンタ、無形剣《ブレイズ》を使えるなんて凄いじゃないか。オレの投擲の技巧とはダンチの凄さだ。出はどこだ。聖堂か？」

「貴様に話すことはもうない」

「なんでアンタみたいな立派な御仁が人材商なんざに手を貸しているんだ？　えーと、あの商人の名前はなんていったっけな、サジェット、だったか？」

逃がすためとはいえ、死人の言葉を使ったのは間違いだったかね。ミグナードにも不可思議に思われているか。

そりゃああのときもオレを斬ったのはこのお人だしな。

「一介の冒険者が何故それを……」

「賊ってのは死にかけても情報を兄弟に残すもんさ、へへへ」

ってことで誤魔化しておこう。

「厄介なものだな、賊というのも」

「アンタの立場よりはマシにも見えるけどな。アーシャに兄上って呼ばれてたよなあ。彼女は立派な人だ。家族のために青春を家に捧げることを厭《いと》わない強さと優しさがある」

限界を知るために冒険者になったとは言っていたが、冒険者として功績を得ることができればそれもまた家やリゼルカのためにもなる。特にリゼルカは冒険者稼業に手厚い。政治側に冒険者として活躍した人間がいるというのはそれだけで価値があることだろう。

「そんな彼女が刃を向け合ってなお兄と呼ぶくらいだ、アンタも立派なお人なんだろう。賊上がりのオレと違ってさ」

「何が言いたい」

弱々しい、追い詰められた賊のフリはできなくなるが、会話を長引かせるほうがメリットがあるだろう。ぼちぼちギアを戻すとしようかね。

「無茶してるんじゃないのか、アンタ」

何が言いたいのだと視線を強くする。

であっても武器を振るわない。理性的で助かる。

「女たちの前で格好つけるのに必死になるオレみたいに、アンタもなにかのために必死になってるんじゃないのか」

返答はない。

だが、攻撃の意思もどうにも萎《な》えているような雰囲気もあった。

「ミグナードさん。どうせこのあと殺されるくだらねえ賊ではあるぜ。オレは。だからこそ愚痴の一つでも垂れるにゃちょうどいいんじゃないのか」

「死ぬことを理解して何故そのようなことを提案する」

「アンタと少しでも話せばアーシャたちが逃げる距離をそれだけ稼ぐことができる。……アンタもそれを理解して今も会話に乗っている、違うかい」

「買いかぶりだ」

そう言いながらも、剣を下ろす。

おっと。命で支払わんでもこの状況を脱することができるか？

……なんてさ、油断はダメだよな。ミスった。体が強い衝撃で押し込まれるようにふっ飛ばされる。これだからザコは駄目なんだよ。肝心なところで抜けてやがる。自分のことだけどさ。

痛みもないってのは即死するレベルの一撃だ。

体を貫いたのは非実体の矢。魔術による攻撃だろうが、魔術に対しての知識を多く持ち得ているわけでもないので正確なことはわからない。

わかることは死ぬってことだけだ。

視線を射線の元へと向ける。

「ミグナード。賊一匹に何をしている？」

「ベルゼニック殿。……いえ、ロフォーツを逃がしてしまったので雇っていた冒険者から話を聞いていたのですが」

「ああ、それは済まない。早とちりをしてしまったか。よもや君が裏切るわけもないというのにな」

ベルゼニックと呼ばれた男は痩躯《そうく》でイヤ～な目つきをしていた。

ノータイムで魔術ぶっ放してくるアブないヤツにお似合いの顔つきだ。

次もこのリゼルカの側で目を覚ませるかの保証なんてないが、それでも情報は少しでも拾っておきたいが、それも限界のようだった。

闇に意識がゆっくりと解《ほど》けていく。死だ。何度となく味わった眠りの如き死がオレを包んでいった。

×××

「太子閣下、ご無事で」

森を抜ければすぐに境界線がある。

そこに待っていたのは今すぐにでも小戦であればそのまま応じることができるだろう、臨戦態勢を取っている甲冑《かっちゅう》姿の騎士たちであった。

エンヘリカ伯爵領は領地こそ広くはないが、武門で知られた一族であり、リゼルカの武力的後ろ盾でもある。

一方通行の関係ではなく、エンヘリカはリゼルカに商業的に支えられており、片方があるから片方が生き延びてきた、紛《まぎ》れもない半身同士であった。

「こちらは」

「セルジ殿の御息女と、その友だ。私の命を預かってくれたのだ。丁重にせよ」

「それは……」

セルジの名を聞いて警戒の色をにじませる騎士。

「彼女の方こそセルジ殿の変わりように混乱しているのだ」

そう言われた騎士の年齢はアーシャの倍ほど。

年若い彼女に苦悩の色をひと目で見ることはできなかったが、それが巧妙に隠されたものであると見ることができたのはロフォーツの言葉と己の人生経験からであった。

「……承知しました。丁重にご案内いたします」

そうした会話を行う横で、二人の乙女は依頼の達成が確実になったことを喜ぶではなく、違うことに思考を奪われていた。

「あのときの言葉……偶然、ですよね？」

「あるいは賊たちが定型句として使う言葉か。だが、私たちを逃がすためには効果的な言葉であるのは間違いがなかった」

以前助けられたときのことを思い出す。

同じように助けてくれたあの人物を注視することはできなかった。

だから、グラムが彼と同一人物かの判断はできない。

いや、同一人物ではないと、少なくともカイリは考えていた。あの状況で賊が生き延びられるとは思っていなかったからだ。

であれば、偶然で片付けるべきことなのか。

「お待たせいたしました、まずはエンヘリカまでご案内いたします」

ロフォーツの護衛によってエスコートされながらも答えを探す二人だったが、確たるものは何一つ得ることはできなかった。

当然と言えば当然だ。

この世界が広く、数多《あまた》の力あれど、死を超克《ちょうこく》したものは誰一人としていないのが通説であり、その通説に完全に抗っているのが賊の、あるいは賊上がりの男であることなど誰が予想できようものか。

【継暦150年　秋／6】

よっす。

何かしらの魔術でぶっ殺されたオレだぜ。

死んじまった。オレの手落ちだ。三人は無事に逃れることができただろうか。その後を知りたい。願わくばリゼルカの近く、ついでに時間もそれほど経過してないことを祈るばかりだが、そこはオレのコントロール下にあることじゃない。

ダメだったらさっぱり諦める。そういうもんだと思うようにする。じゃないと後悔が山積して身動きが取れなくなるからな。

で、現在のオレの生い立ちは……。

「イヤになるよなあ。金になると思って従ってみりゃ命令命令命令。酒も女も奪えないなんて、クソみてえな仕事だぜ」

「賊《ぞく》に戻るかあ？」

【継暦150年　秋／6】

「あー……悪くねえな」

オレの近くで話しているのは十人に満たない程度の賊。

記憶の箱の中をあさってみると、取るに足らない賊だったオレたちは隊商を見つけ襲いかかった。……が、ボッコボコにされ、殺されるかと思ったところで不意にその襲った隊商から意外な言葉を投げかけられた。

『自分のところで護衛をしないか』

殺されるよりはマシだということで雇われたわけだが、賊というのはそもそもとして社会不適合者の集まり。集団を維持しているのは粗雑な暴力と、欲望の発散が原始的に行える点で賄《まかな》えている。

それを護衛だの、雇用だのというルールで縛ろうとすれば窮屈《きゅうくつ》で逃げようとするのは当然のこと。

命を拾われ、仕事まで与えてくれた恩義などどこ吹く風で彼らは逃げる算段をしている。

現在地は……おっと、またもリゼルカの近くか。なるほど、戦争で随分昔に廃村になった場所らしい。

こうしてくっちゃべっているのはその廃村にある、何とか家の体裁を保っている施設の中だった。

「それじゃ、さっさと逃げるとするか」

「おう」

こそこそと逃げようとするのに対して、オレは動く気はない。

場所こそリゼルカだが時間はどうだ？　あれから少しばかりは流れてしまったのか、それともオレの望みの通りに時間もそれほど経過していないのか。

それを知りたいのなら賊よりも雇《やと》い主《ぬし》に従っている方が得られるものは大きそうだった。

「お前は行かねえのか」

「あー、折角だからこのまま社会生活ってのを続けてみるとするさ」

「そうかい。それじゃ気をつけろよ。雇い主のサジェットはどこにでもいるクズ程度だろうが、時々ここに来るベルゼニックって野郎は相当の蛇野郎と見たぜ」

サジェットは一般的人材商。つまり最低のクズだ。同業者でもない限りは誰しも同じ感想を抱くってもんだろう。しかし、ベルゼニックも同じように見られてるわけか。野心に炙《あぶ》られたヤツってのは悪目立ちするもんなのかね。

「忠告を忘れんようにしておく」

記憶を捻《ひね》れば出てくるかもしれないことだったが、外部的に教えてもらえるなら話は早い。賊兄弟のお言葉に感謝と、ちょうど懐《ふところ》にあったベーコンを渡した。

「兄弟、コイツを持っていけよ」

ベーコンを投げ渡す。

「いいのか？」

「とりあえずこっちは食いっぱぐれねえだろうからよ。運が必要なのはそっちだろうぜ」

「それじゃあ、ありがたくもらうぜ。じゃあな、兄弟」

懐のベーコン。人肌ベーコン。

オレたち賊には妙な文化がある。その一つがそれだ。

賊ってのは毎日決まった時間にメシが出るわけでもないし、望むままにありつけるわけでもない。

賊ってやつに明日は見えない。だが、ベーコンを懐に入れておけば少なくとも明日に飢え死にが待っていそうでも、ソイツを齧《かじ》れば回避はできる。

懐に入れたベーコンってのは明日を保証してくれるお守りだ。

そんな大切なお守りをくれてやっていいのかって？

お守りってのは不確実な状況でこそ輝く代物。こっから先でお守りのご利益で生き残れるような状況にはならないだろうからな。

ベルゼニック。前回のオレをぶっ殺したクソ野郎。下手な素振りを一つでもしたらあっさりと今回も殺されるだろう。そればかりは運やお守りではどうにもならない。

×××

「誰かいないのか！　おおい！」

騒がしく部屋に入ってくるのは雇い主様だ。

その顔には見覚えがある。

人材商《最低のクズ》こと、サジェットだ。

賊に襲われていた奴が賊を雇うってのは妙な因果が巡っているな。

おっと、いかんいかん。因果を感じている暇はないな。

「どうしたんです？」

「どうしたもなにもあるか！　そろそろベルゼニック様がお越しだ、準備を……」

言葉は途中で切れる。それなりの数を揃えていたつもりだろうが、今いるのはオレ一人。

「なぜお前だけしかいない？　他のものはどうした？」

当然の疑問だよな。ケツまくって逃げましたよ、というのは簡単だ。

「へ？　他の奴らはサジェットの旦那から命じられた仕事があるからって出ていきましたぜ」

しかし、真実を吐いたところで得があるわけでなし。

「そんな命令を出した覚えは……ええい、もうよい。お前だけでもいいから来るのだ！」

「へい」

「返事は『はい』か『承知しました、閣下《かっか》』のどちらかにせよと言っているだろう！」

「はいはい。かしこまりました、閣下」

ふん、と鼻息荒く出ていくサジェット。

今の返事でいいのかよと思いつつ背を追った。

「ベルゼニック様はなんでこんな廃村に来るんです？」

「商売の一環よ」

記憶の上でここに何かあるわけでもない。

人材商のサジェットが取り扱う商品、つまり人間が保管されているってわけでもない。

……いや、そうか。受け取る側ってことか。

「オレは何をしてりゃいいんです」

「うむ、とりあえずは私の護衛を――」

不意に立ち止まり、オレを観察する。

「お前の武器は」

「武器、武器って」

腰に吊《つ》ってあるのは短剣。抜いてみれば錆《さび》は浮いている、刃は欠けている。

正直これなら賊槍のほうがマシなのではないかと思うほどの代物だ。

それを見せると、はあ……と深く溜息《ためいき》を吐《つ》いたサジェットは自らの腰に下げていた剣を手渡す。

「これを持っておけ」

「いいんですかい」

「その分、このサジェットのために働くのだ」

「できる範囲でやらせてもらいます」

命を懸けてお仕えします！　と言われるよりは信憑性《しんぴょうせい》のある言葉だと思ったのか小さく溜息を吐く。

「私の役に立てぬようなら返してもらうからな」

役に立てないときは死ぬときだから勝手に持って帰っていただきたいところだが、そんな状況になったらサジェットも死んでそうだよな。

「私はベルゼニック様に忠誠を誓った篤実《とくじつ》な商人だ。そうだな？」

「その通りで」

まったく人柄は知らんが、人材商やってるヤツが篤実だなんてジョークにもならないが、ここで言い争ってもな。なのでひとまず頷《うなず》いておくのが吉。

「篤実なるサジェットが仕えるベルゼニック様は聡明《そうめい》で、まこと恐ろしい方なのだ」

会話の中ですら自分を上に置こうとするサジェットの姿勢はいっそ清々《すがすが》しさすらある。

「役に立たぬと思えば処刑。役には立っても自分で考える機能が要らぬ人間はその心をあの手この手で壊してしまわれる。セルジ様もあの方の道具にされてしまわれた」

「セルジ……っていうと、リゼルカの」

「ああ。現在は伯爵《はくしゃく》代理を名乗っているが、元は伯爵の右腕だった男よ。深い思慮と知識を持つ優れた政治家だったのだがな」

「その方がどうなったんです」

「罪の意識に堪《た》えきれず、心を細くしていって、今では……。まあ、そのように心を細るように仕向けたのすらあの方の……」

とまで話して、今はその話を深掘りしている場合ではない、と区切る。

「とにかく、ベルゼニック様は価値のなくなったものを再利用することに関しては帯陸《せかい》一。……私は再利用されるのが恐ろしいのだ」

つまり、剣をこちらに渡したのはそういうことか。

「雇われている以上はお守りしますよ」

「期待しているとは言わんぞ、賊にどうこうできる相手ではないからな」

まあ、本心だろうな。

単純な殺傷能力って意味でベルゼニックの恐ろしさは理解しているが、人の心をどうこうできる能力があるってことか？

ミグナードと話している感じではそういう素振りはなかったが。

「サジェット様、ベルゼニック様の馬車が見えました」

賊ではない、恐らくは秘書役であろう男が報告に来る。

サジェットは緊張を含む溜息を吐いてから言った。

「お出迎えにいかねばな」

×××

オレの感覚からすると先ほどぶり。

彼らからすればどの程度が経過しているかはわからない。ただ、外見、服装、様子から見ても一年二年と経過したわけではなさそうだった。

ベルゼニックはこちらを見るが、特に反応はない。

当然だ。何せ他人だからな。オレが一方的に知っているだけだ。

「今回はどなたを？」

「いや、処理ではない。人を探して欲しい」

「人を……都市内であればベルゼニック様の領分でございましょうから、つまりは」

「困ったことに、そういうことだ。一週間ほど前にエンヘリカの太子《たいし》に逃げられたのは話したな」

おっと、グッドな情報が来た。つまり前回の死からたった一週間でここに立てているのか。復活《リスポーン》成功ってやつだな。

「ええ、お陰で隣領に睨《にら》まれかねない状況になったと」

「睨まれるだけでは済まないかもしれないな。エンヘリカとリゼルカは元を辿《たど》ればトランキリカという一つの大きな領だった。仲違《なかたが》いで分かれたではないからこそ伯爵閣下がご存命の頃は互いに様々な優遇措置を取っていた」

「トランキリカと呼ばれていたのは百年以上昔だとか。私はこの辺りの生まれではないので詳しくは存じ上げませんが」

「それに関しては私もさ。歴史はともかくとして、今もエンヘリカはリゼルカを案じている。問題なのは、探してほしい相手というのがリゼルカの太子でな」

「リーゼ太子を？」

「ああ。もしもエンヘリカに太子を確保されてしまえばリゼルカを取り戻すための大義名分を与えるようなものだ。それだけは避けねばならん」

「状況は理解いたしました。ですが見ての通り実働できる部下というのもここにいる一人だけです。流石《さすが》に手が足りませんで」

「それについては問題はないぞ。手勢はこちらからもよこす」

首をくいと動かすと、彼に付いていた傭兵風の男が頷いて外に出た。

ややあって扉の向こうからは同じく傭兵であろう人間たちが何かの準備をしている音が聞こえてきた。

「エンヘリカの連中よりも先に太子を確保すればよい。隠れているであろう場所も目星は付いている。やれるな？」

断ることなどできないのだろう。

顔を青くして、

「わかりました、やらせていただきます」

そう返す以外に選択肢はなかった。

仮にその『エンヘリカの連中』と衝突すれば命懸けの戦いの幕が切って落とされることになる。

ちらりとではなく、じっとオレを見るベルゼニック。

まさかとは思うが、オレの妙な体質を見抜いたとか……はないよな。流石に。

「ええと、何か」

「賊上がりか」

頷くと彼は少し何か考えるようにしてから、

「お前たちが使う定型句に『今は逃げろ』というものはあるか？」

「定型にしちゃ普通の言葉すぎる気もしますが。少なくともオレがいた賊じゃあ使ってなかったですね。『オレが逃げる間の壁になれ』とかなら言ってましたよ」

「そうか」とだけ言うとその場を後にする。

何が聞きたかったのだろうかとサジェットがこちらを見る。

オレは肩を竦《すく》めて知らないというアピールをする。

誰を逃がすために使った言葉だったが、ミグナードから聞いていたのか、実はあの場で隠れていたのか。

流石に復活《リスポーン》しているとまでは思うまいが、リゼルカに与《くみ》する賊の集団がいるかも、なんて考えているのかもしれない。

×××

付けられる傭兵たちはサジェットの裏切りを抑止する意味もありそうだ。

彼らの目はそういう、警戒の眼差《まなざ》しをしていた。

傭兵たちから少し離れ、サジェットは口を開く。

「どうしてこんなことに……。割のいい仕事だと思っていたが、太子の追手をすることになるとは……」

「こちらの準備は整いました。行きましょう、ボス」

「ボスなどと呼ぶな！　サジェット様だ！　そう呼べ！」

傭兵のカシラになるのはごめんだと言いたげに、ヒステリックに叫ぶ。

「ボス、こちらがベルゼニック様からの資料一式です」

「だから私をボスと……もうよい！　貸せ！」

舐められてるってよりは遊ばれてるって感じだな。

質のいい傭兵じゃあないんだろうが、人材商なんて悪党にゃあ相応《ふさわ》しい絡まれ方だぜ。

「伯爵家の別荘に潜んでいるのではないか、と……。セルジ殿が伯爵と幼少の砌《みぎり》に使っていたのを思い出したか。なるほど。確かに目星がついていると言えばその通りだな。長々とこんな廃村にいても意味がない。全員、出発準備を整えろ！　仕事に掛かるぞ！」

「へい、ボス！」

その口ぶりはもう立派に賊の群れのボスだぜ、サジェットさんよ。

傭兵の掛け声が何よりそれに賛同しているようだった。

✘✘✘

【継暦150年　秋／6】

「斥候《せっこう》が戻ってきました。別荘ってよりは隠れ家って雰囲気だったみたいですぜ」

「何かあったときのための避難場所だったのだろうかね。いやいや、今が正しく『何かあった』状況ではあるか」

「どうします、ボス」

「ふむ……おい、賊。姑息《こそく》なことならお前の領分だろう。どうだ？」

お鉢《はち》がこっちに回ってきたか。

ありがたいね。相手が相手だ。何とかロクデナシどもを排除して逃がしてやりたいからな。

一度親切の押し売りをしたなら、暫《しばら》くの間は追加の親切の押し売りができるかの機会を窺《うかが》いたいところだからな。気分良く死ぬにせよ生きるにせよ、オレにとっちゃ大事なことだ。

「任せてくださいよ、サジェット様。見事に攫《さら》ってきますよ。あー……そういや、相手を迎えに来ている連中が来るかもって話でしたよね」

「ベルゼニック様がそう仰《おつしや》っていた」

「まずはオレ一人でやらせちゃもらえませんか。下手に大勢で行って遭遇戦に、その隙に逃げられるなんて考えたくもねえ」

「一理あるか。いいだろう、任せるが戻りが遅いときは殺されたと判断して」

「ええ、傭兵の皆さんと来てくださいや」

斥候からの情報を共有してもらい、こそこそとそちらへと向かう。

冒険者ギルドじゃ職能は斥候だとは言われたものの、三流もいいところの技術でしかない。

とはいえ、お嬢様一人が隠れているだけならバレることはないだろう。

そう考えながら進んだ先に木々を張り付かせたような邸宅が見えてきた。隠れ家とは言っていたが、なるほど。森に馴染《なじ》むようにというより、森の一部になってしまえば隠蔽率《いんぺいりつ》もあがるってわけか。確かにここに隠れ家があるぞってのを知らなけりゃ通り過ぎてしまうかもしれない。

まだ迎えは来ていないようだ。あるいは、もう既に去った後の可能性もあるが。

忍び込むプロセスは省略。忍び足だの鍵開けだのするだけだしな。

リビングから気配を感じる。微《かす》かなものだったが、警戒しつつそちらへと向かうと彼女がいた。リーゼ。リゼルカ太子。

相変わらず運命に弄《もてあそ》ばれているのかと思うと不憫《ふびん》だとも思う。助けてやれる分は何とかしてやりたいが今のオレは彼女の知るオレではない。

そしてオレ自身もかつてのオレと同じであるということを言いたくはない。復活《リスポーン》のことを人に話すってことに強い忌避感《きひかん》を覚えている。この周回《サイクル》以外の、いつかのどこかの大昔にその話をして誰かを大いに不幸にしたのかもしれない。

どう接触するかを悩むが、ない頭を捻ったところで妙案が湧くわけでもない。

オレはリビングへ続く扉をノックした。

流石にかなり驚いたようで、傍《そば》にあった軍刀を握る。

「おっと、お嬢さん。戦う気はない。驚かせてすまないが……非常時なのもあるし、ノックが一番穏当な挨拶だと思ったんだ」

「あ……貴方《あなた》は？」

さて、こっからだよな。

何もなく信じてくれってのは無理がある。

信じさせるだけの威力のある言葉を投げつけることができれば一番いい。

オレが持っている手札でそれに相当するものは——

「こんなナリだが、ロフォーツさんに雇われた斥候さ。モグリなもんで冒険者かどうかを示すものはないけどよ」

「ロフォーツ叔父様の……？」

叔父様か。エンヘリカとリゼルカは元々が同じ領地を祖にしてるんだったっけか。

「ああ。リゼルカを取り戻すためにもお嬢さんの力が必要だから、こうして探しに来た。伯爵太子様がエンヘリカの軍におられれば大義名分としちゃこれ以上ないだろ？」

「ですが、ここでの待ち合わせは」

「約束は取り付けられたのかい」

「いえ……直接は。使いの者を出したのですが」

「ここが相手に知られてる以上は使いってのも殺されてるだろうさ。ここで守りを固めて待ちたいってなら、オレも手伝いはするが」

オレの顔を見る。信じるに足るかを見ている……かまではわからない。疑うような眼差しではないが。

「行きましょう」

覚悟が決まってる。彼女の視点からしてみれば初めて会ったオレを信用したとかってわけではなかろう。オレみたいなのが入り込んできた以上は警戒している相手もいつ来るかもわからん。それならせめて逃げ回れる外のほうがマシと思ったのかもしれないな。

「よしきた」

「あっ」

ふと声を漏らすリーゼ。

「大変失礼いたしました。私はリゼルカ伯爵が太子、リーゼと申します」

しまった。名乗りか。グラムなんて名乗ったらそこでバレちまうよな。いやいや、しかし名前の準備なんてないぞ。

沈黙が一番ヤバイ。礼儀作法知らんのかってのはまあ、賊だからいいとしても、名前をすぐに出せないのはおかしいからな。

回転しろ。我が頭脳。ぐるぐるっとだ！　……ダメだ！　な〜んにも出てこねえ！

「あー。オレはグラム。まあ、個人の名前じゃなくて氏族の名前だけどな。個人の名前ってのはないんだ」

いい感じの言い訳じゃないか、コレ。急拵《きゅうごしら》えのその場しのぎにしちゃ及第点だろう。

「グラム……様、ですか……」

驚いたような、動揺したような表情を浮かべる。

でもまあ、そういう反応になるよな。

疑われてここで悶着起《もんちゃく》こすよりはいいと思うが、ベターではなかったかもしれねえ。

言ったことは突き通さないと余計な不和と猜疑心《さいぎしん》を呼びかねない。

「どうしたんだい。ははあ、もしかしてオレの兄弟に会ったことがあるのか？　オレの氏族は結構前にそこかしこに散らばったからなあ。悪さをしてなけりゃいいんだが」

「悪さだなんてそんな。私はあの方に命を助けられたのです。今もこうして私が私として生きることができているのもあの方のお陰で」

「だとしたら、そいつも無茶した甲斐《かい》もあっただろうさ」

命を捨てる程度、実は無茶でもなんでもなかったが、それでもこうして彼女が無事でいてくれるのは嬉しい限りだ。このまま可憐《かれん》な美少女とお話を続けたい気持ちがないと言え

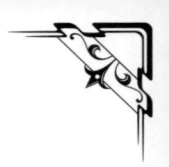

ば嘘《うそ》になるが、そんなことをしている暇もない。

「さて、立ち話はこれくらいにしよう。ロクデナシどもに見つかる前に大急ぎでエンヘリカに進まねえとだ」

×××

ひとまず外に出たらバッタリ、ってのは避けられた。

だからといって悠長《ゆうちょう》にもしていられんよな。

「その、道はおわかりなのですか？」

彼女が心配になるのも当然なほど森は深い。

舗装《ほそう》からは縁遠い獣道が幾《いく》つも走ってはいるが。

「心配無用。多少の心得と土地勘があるんでね」

能天気に笑いかける。

これくらいの対応のほうが道中に不安もなかろう。

実際、この辺りに関しては冒険者をやってたときに何度も通っている。

物を運ぶだの、薬草を見つけて来いだの、華やかさのない下っ端冒険者仕事ってのは状況問わずいつも転がっていた。

それらの経験は無駄になっていなかった。

とはいえ、何日何夜も過ごせる装備ではない。手元にあるのは邸《やしき》にあった簡単な野営道具と、保存食と井戸から汲《く》み上《あ》げた水が三日分程度。

流石に伯爵太子、つまりはお姫様であらせられるリーゼに持たせるわけにもいかないのでオレが担いでいる。

彼女は分けて持とうと提案はしてくれたものの、荷物ありのオレと武器のみを持つ彼女であっても同じ行軍速度であることを考えれば現状の荷物持ちのグラムくんでいるのがベターというものだろう。

それから数時間、歩き通しになったがリーゼは弱音の一つも上げることはなかった。やはりこの人はただのご令嬢じゃない。洞窟からロープを使って脱出できるガッツの持ち主なだけある。

彼女の根性が良き方向に進むことで報われることを祈るばかりだ。勿論《もちろん》、祈る以外にもやるべきことはやるけどさ。

✘✘✘

日が落ちる兆候がある。一時間かそこらで中天に瞬《またた》くものは夕日に変わっていくだろう。

そろそろ野営の準備をするべきかと考えていると彼女が声を掛けてくる。

「グラム様」

「モグリの冒険者相手に様付けは大仰だよ」

「助けに来てくださった方を呼び捨てるなどできません」

「身分の差ってのもあるだろう」

実際、伯爵家太子と賊には差を語るのもバカバカしいほどの距離がある。

「とはいえ、ご令嬢にそんな風に呼んでもらえるのは人生で一度あるのも奇跡か」

苦笑を浮かべるリーゼ。

口調を改めろというのも難しい話だろう。

「で、なんだい」

「助けていただけているのは嬉しいのですが」

「今の状況がわかっているのかってことか？」

こくりと頷く。

先の身分の話もそうだが、状況も賊が首を突っ込んでいいものではないのも確かだ。

普通の賊だったら、だけどな。

オレは普通じゃない。残念ながらというべきか、不本意ながらというべきか。

「リーゼ……太子様よ」

「私も口調を改めませんから」

「そうかい。それじゃあ、リーゼ。確かに状況からすりゃモグリの冒険者なんざお呼びじゃない状況なんだろうけどな。下賤《げせん》なオレらでもリゼルカを何とかしたいって思ってる。そう思えるくらいにいい場所なんだよ、あそこはさ」

オレの行動理由は一度面倒を見ちまったからってのは大きい。

だが、それだけじゃない。

夢だった冒険者にしてくれた場所。リゼルカ。その冒険者は死んで、オレは賊に戻っちまった。

それでもオレにとっちゃ恩義がある。そいつは他人とは共有しがたい、ドでかい恩義だ。

「グラム様は――」

「ぬお!?」

何かを言いかけたリーゼの言葉に被せるように思わず声を上げてしまう。

強い衝撃が背中に走る。

背負っていたザックを下ろすと、そこには斧《おの》が突き立っていた。手斧。いや、これは投げ斧と言うべきか。

「逃がすなッ！」

聞き覚えのある声。傭兵だ。

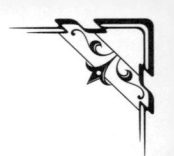

野営の準備中に襲われなくてよかった。そうだったらザックを背負ってないわけだからな。ラッキーと考えておこう。

追いつかれて襲われている時点でアンラッキーじゃないのかってのは一旦置いとこう。見れば汗だく。体力を相当使ったんだろう。大声を上げているあたり、敵は散らばっているとも見える。

「こいつらを」「オッホエッ!!」

ザックに突き立っていた投げ斧をぶん投げると傭兵の頭にクリーンヒット。朽ちかけた丸太に斧を下ろしたようにあっさりと割れた。

「逃げられるところまで逃げるぞ」

驚きはしたようだが、それでもすぐにオレの言葉に応じて走り出す。

オレも鎧代《よろい》わりになってくれたザックを再び摑《つか》み、走り出す。中身が幾つかこぼれ落ちたものの気にしている暇はない。

一度野営を挟むかを考える程度には辺鄙《へんぴ》な場所だ。

暫く走って撒けなかったら彼女を逃がして迎撃するしかない。

捨《す》て奸《がまり》するのは、される側にとっちゃ後味がよろしくないだろうが、そこはまあ命あってのなんとやらということで諦めてもらおう。

×××

逃げる逃げる。

ときどき石を拾う。枝を拾う。そして再び逃げる逃げる。

時折振り向いて拾ったものを投げつけると遠くから悲鳴と罵声《ばせい》が聞こえる。

逃げては撃つ、撃っては逃げる。引き撃ち《カイティング》はいつだって弱者の戦術だぜ。

ただ、それも限界はある。いつか来る。例えば――

「止まれ！　賊が、よくも私をコケにしてくれたものよなあ」

怒りに支配された声。

「これはこれはサジェット様じゃあないですか」

「いつから裏切っていた！」

「裏切るもなにも、オレは一度もアンタの手下になりますなんて言った覚えはないんだがね」

この体の記憶を読み込めば実は言っていたなんてことがわかるかもしれないが、そんな暇もなければ、する必要もない。

傭兵は半分以上片付けた。途中で脱落した数も考えればそう多くはない。

ここを凌《しの》げば無事にエンヘリカか、そこに繋《つな》がる交易路までは進むことができるはずだ。

「くぅぅ……。ほざきよる！」

姿を現したサジェットの手には杖が握られている。

それなりに使い古したもので、ただの中古品ではなく、アイツ自身が使い込んだものだというのが持ち方から理解できる。

「傭兵の半数を始末したからなんだというのだ！　我が力を知るがいいわ！」

杖を向ける。

「《火花よ、鏃《やじり》となれ》」

短い詠唱《えいしょう》と同時に放たれたのは鋭く光る炎の矢。

迫りくるそれを避け、しかし再び同じ詠唱が完了すると同時に放たれた。

意外にもというべきか、人材商《最低のクズ》とは思えないほどに正確無比な射撃。

オレとリーゼは木々を盾にしてやり過ごす。

魔術が木に命中すると派手な火花と共に太い幹が大きく抉《えぐ》られた。

「まだだ！」

そう叫ぶとサジェットは同様の詠唱と共に魔術を放つ。

正直回避や木々の盾による防御をするようにしたところで相手のインク切れを待てずに当たる気がしている。

時間が経《た》てば生き残った傭兵どもも寄ってくるだろうしな。

「さて、どうしたもんかね」

思わず落ち着いた声を出してしまう。焦りの一切ない声にリーゼがこちらを見る。顔色は驚きの混じったものだった。

「そらそら！　次があるぞお！　いざというとき身を守る術《すべ》の一つもない人材商が長くやれるわけもなかろう！　これがこのサジェットの力よお！」

調子に乗って魔術を唱え、飛んでくる炎の矢。それに対して拾っていた投げつけやすそうな枝をダーツのようにして放つ。殺傷能力はほとんどないが、こいつらを拾ったのは目潰しなり、物音を遠くで鳴らして警戒させるなりするためのものだった。

だが、ここでの使い方に限れば、別の用途となる。

枝と炎の矢が衝突すると、炎の矢が派手に火花を散らして消える。

やっぱりだ。炎の矢、その先端に何かが当たると爆発するって仕組みか。

「なっ」

「返すぜ、サジェット」

想定外で身を竦《すく》ませる時点で賊とどっこいの三流だよ、サジェット。

腰から剣を引き抜き、放つ。オレの投擲《とうてき》は石ころだろうが、剣だろうが、オレが擲《なげう》てると思ったものならなんだって対象にできる。的確にサジェットの顔面に剣をお返しした。

受取主の命は顔面ごと真っ二つになって果てる。

――空気を裂く、別の音。

それと同時にオレも勝利の余韻ではなく石を掴み、投げていた。

「ぐえ」

投擲が傭兵であろう男に命中し、命を奪う。

ただ、オレも無事では済まなかった。投げ斧が深く体に突き刺さる。

「げふっ……」

ここでかっこいい感じのことを言えりゃあいいんだが、口から出たのは傭兵の「ぐえ」という断末魔とさしたる違いのない声だった。

たたらを踏みながら、かすかに残る体力で気配を感じた方へと石を投げつけ、再び敵の悲鳴を聞く。

「グラム様！」

「オレはいい。早く行け。死ぬまでにはもう少し余裕があるんだ。ちょっとでも時間を稼いでみせるさ」

傭兵たちの足音が再び聞こえる。出遅れた連中が合流したか。

「これ以上、この方を……グラム様を傷つけることは許しません」

怒りの表情を向け、帯《お》びていた剣を抜く彼女。

「あのメスが目標のリーゼか？」

「ボスは死んだみたいだな。ま、足止めはしてくれたようだからいいか」

「えれえ美人じゃねえか」「へへへ」

下卑《げび》た声が聞こえる。まったく、質《たち》の悪い傭兵ってのは賊と大差がねえな。

痛みはほとんどない。死ぬ兆候《ちょうこう》ってやつだ。

だが、気力次第で体は動く。つまり、

「リーゼ。オレは、まだ戦える。だから、早く行け。オレの命の価値なんざ大した価値もねえ。だとしても無駄にしないでくれると嬉しいね」

自分の体に生えている投げ斧を抜いて構える。

オレの様子に次は悲痛な表情を浮かべる。いろんな表情を見せてくれるお嬢様だな。

今生の今際《いまわ》の際《きわ》だ。笑顔の一つでも向けてもらいたいもんだったが、そこまでたどり着けないオレが悪いよな。

よたよたと歩きながらリーゼの前に立ち、投げ斧を構える。

「ひゃはは、王子様気取りかあ？」

「そら、おひねりをやるよッ！」

投げ斧が飛んでくる。おお、上等だ。よこしやがれ。

オレも投げ斧を投げ、傭兵の一人にぶち当てる。おひねりの数発が体に深々と食い込んだ。

まだだ、まだ死んでやらねえ。いい感じの武器を貰《もら》えたんだ。どこぞの国じゃあ草船借《そうせんしゃく》箭《せん》だかって言うんだっけか？　いや、違ったかも。まあ、どっちにしろいい。補充はできたんだ。

「王子様でも騎士様でも気取ってやるよ。それがオレの死に様だ。目に焼き付け、げほっ……やがれッ！」

いよいよ限界だ。

視界が暗い。だが、せめて手に残った斧くらいは。

「よくぞ言い切った」

声。

聞き覚えがある。ああ。ここで頼りになる本当の騎士様の登場ってわけだ。

「アーシャか。へへ、粘ってみるもんだな……」

気が抜けた。

オレの手から斧が落ちる。意識もまた、闇に解《ほど》けつつあった。

振り返り、オレはリーゼの瞳を見据える。目を合わせるくらいが今のオレの精一杯だ。

「リーゼ。オレの命なんか気にすんな」

……もう少しまともなことを言うべきだったかね。

あまり褒められた風体《ふうてい》ではない男は、その外見に似つかわしくない働きをする——つまりは過ぎたる献身によってリゼルカ太子を守った。

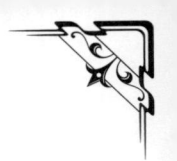

彼の命を奪ったものに対して無形剣《ブレイズ》を振るい、体も命も消し飛ばす。

戦いはほんの一瞬で片付いた。男がアーシャの名を出したような気がしたが、それを問うて、答えを返してくれたであろう人間は死んでいるし、今そこに拘《こだわ》っている暇はない。

その一方でリーゼを守るように現れた人影がまた一つ。

「リゼルカ伯爵太子様。私はアーシャと一党を共にしているカイリと申します。お迎えに上がりました」

恭《うやうや》しく礼を取るカイリ。死体の側で俯《うつむ》いているリーゼ。

戦いが終わり、アーシャもそこへ合流した。

「お久しぶりです、太子」

「……」

自分のために命を落とした賊。グラムと名乗った彼。

ここで俯いて、彼のために涙を流せば彼は喜ぶだろうか。

いや、それは彼の本意ではないだろう。彼女の賢さがそれを理解させる。それは心の傷を癒やさせない過酷な道への進行である。だが、彼女にとってそれだけが今の彼女にできるグラムへの鎮魂の手段であったと考える。

「アーシャ、よく来てくださいました。カイリ様もこのような状況でご助力いただけることに感謝を」

「太子様、その方は？」

「私の恩人です。グラムと名乗られました。彼がいなければ私は今頃……」

【継暦150年　秋／7】

よっす。

斧《おの》まみれで死んだオレだぜ。


自己満足でくたばったわけだが、さて、今回はどこから始まるのか。

街中。どまんなか。見覚えのある建物もそのまま。冒険者たちが闊歩《かっぽ》し、しかしあらくれた雰囲気は街にはない。冒険者と市民は互いに調和を目指しているようにも見える。知っている。オレはこの場所を、この都市を知っている。

我が愛すべきリゼルカよ、ただいま。

……いや、賊《ぞく》が街のど真ん中で何してたんだ？　頭を捻《ひね》って思い出してみよう。

記憶を読み解くとオレ以外にも賊が街中にだいぶ入り込んでいるらしい。名目上はセルジ様とやらが雇った傭兵って立場らしいが、実体的には伯爵《はくしゃく》でもない奴に街を差配されて気に食わねえと出ていった貴族とその武力の補填《ほてん》としてかき集められた間に合わせの戦力であるようだ。

ただ、雇われとはいえ賊は賊。『流石《さすが》に街中で自由にさせるわけにもいかない』ということで出ていった貴族たちが住んでいた区画に閉じ込めているようではある。

オレが街に出ていた理由は――

「ベルゼニック殿には何度も言っている。我々冒険者ギルドは領内政治に関わる気はない。それを伝えてもらおう」

毅然《きぜん》とした態度は、馴染《なじ》みのある相手だった。

リゼルカ冒険者ギルドの長、ハイセン。味方であるときは頼もしい紳士だが、今のオレは残念ながら現体制派。つまりは敵と言ってもいい間柄であることが肌がヒリつくようなプレッシャーからも伝わってくる。

「確かにお伝えしますよ」

仕事でここに来ているってわけだな、オレは。どうやら都市側からそれなりに信頼される賊なのか。それとも問題があれば処罰するから適当に選んだだけなのか。

わかることは、ここでアレコレ話しても業務のうち。サボリにはならない。理論武装は完璧だ。

それにあっさり戻ったあとに再び街に出るチャンスってのは見当たらなくなるかもしれない。この状況をありがたく利用させてもらおう。

「ではさっさと帰ってもらおうか」

「へへへ。厳しいですなあ。そう怖い声を上げちゃあ折角の平和な昼下がりにヒビが入るってもんですぜ」

「その平和を最初に破ったのは……」

言葉に乗りそうになるも、飲み込むハイセン。

「一体誰が悪いのやら」

「わかりきった質問を」

ぎろりと睨《にら》むハイセン。

ベルゼニックこそが問題の根本にある。そういうことを言いたいのだろうが、直接的な表現を出さないあたり、アイツの魔の手は相当あちこちに広がっていると考えるべきか。

「リーゼ様が戻ってきたなら解決するんですかねえ」

「……それを願っている」

「歯切れの悪い言い方ですな」

「伯爵太子《たいし》と言えども、太子は太子。戻ってきたとしてもセルジ殿とベルゼニック殿に懐《かい》柔《じゅう》されたものたちがいる以上は」

簡単にはいかない、ってことか。

それじゃあ、

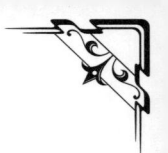

「太子が支配者としての強権を振るうってのはどうなんです。反対派をズンバラリンと」

「伯爵であれば、大鉈《おおなた》を振るうこともできようがな」

伯爵がいないなら太子がそのまま伯爵に繰り上がるもんじゃあないのかね。

そのあたりの疑問をぶつけてみると、普通はそうではあるが、この混迷のリゼルカでは当人からの宣言が必要であり、その宣言には正当性が必要になるだろうとのこと。

「正当性？　血以上の正当性が？」

「これからのリゼルカを牽引《けんいん》できるかの説得力と言ったほうがいいかもしれない。セルジ殿たちによって利益を得ているものはそれなりに現れている」

「やり口は人材商頼り、最低《クズ》ですがね」

おっと。これはちょっと雇われ賊らしからぬ発言だったかな。ま、出ちまったものは仕方ないので続けることにしよう。

「しかし、正当性……。伯爵しかできないようなことをするとかじゃダメなんですかい」

「例えば何だ？」

「そんな賊に学識を求めるような返しは酷ってもんでしょう」

しかし、なんだろうな。

伯爵にしかできないこと。

……ある。あるじゃないか。それなりに前の賊生で出会った彼女が言っていた。

「炉《ろ》、とか」

「……炉？」

「ここの炉は定期的に伯爵家が祈りを捧げる必要があると聞いたことがありますぜ。それなら、炉に祈りを捧げるのをパフォーマンスにするとかはどうです。颯爽《さっそう》と現れた彼女が火を灯《とも》しなおすように炉を動かす。この都市の炉を使える、数少ない人間であるってことは有用性の提示って点についちゃあそれなりに効果がありそうなもんですが」

「何故、それを」

あちゃー。テンション上がって話しすぎた。

「……そうだ。それができたなら、これ以上ない証明になるだろう」

「って、話を彼女に持ち込める奴がいりゃあなあ。誰かの未来を作る力があるのが冒険者ってもんだよなあ。どっかに自由を大切にする冒険者でもいりゃあなあ。仕事ってなら都市から割と出入りもできそうなんだけどなあ」

「君は……」

ハイセンがそう言いかけたところで「立ち話とはいい身分だな」と声を掛けてきた男。

知っている人物だ。何せ殺されたことがある。

そして、この肉体の記憶にも彼に関わる知識があった。

ミグナード。

都市を表向きは差配しているセルジの子であり、アーシャの兄。

無形剣《ブレイズ》を扱う凄腕《すごうで》の剣士。

この肉体の記憶からすると、オレの直接的な上司。とはいってもオレ以外にも有象無象のチンピラを武威《ぶい》を以《もっ》て睨みを利かせる立場ってだけのようだが。

で、無駄話をしているオレに活を入れに来たってわけだ。

流石にチンピラ一人一人の名前は覚えちゃいないようで、名を呼ぶようなことはしなかった。

「ハイセン殿、我々のような人間と話していれば冒険者ギルドを見る目も望まぬ方向へと行く可能性もありますよ」

「……そう、だな」

下がろうとして、ハイセンさんが足を止める。

「ミグナード、冒険者の仕事はもうしないのかね。君にこそ頼みたい仕事があるのだが」

もしかしたならオレが提案したことなのかもしれないが、流石に彼に頼むのは……とも思うが、ハイセンさんの目利きが間違っているとは思いたくない。勿論《もちろん》、主《おも》に自分の名誉のためにってのがあるが。

その彼が頼もうとするミグナードは都市側の悪党ってだけではないのかもしれない。

「申し訳ない。ハイセン殿、それは」

「父上を守らねばならないものな。無茶を言ったよ。すまないね」

そうしてハイセンさんはギルドへと戻っていった。

ミグナードは改めてオレを見やる。

「貴様は――」

名前ね。

まあ、ハイセンさんもいないし、名前に悩むなんて怪しすぎるマネを晒《さら》すくらいなら使いっぱなしの名前をそのまま使えばいいさ。困ったことになりそうなら氏族だのなんだのと適当に付け加えればいい。

「グラムですよ、ミグナードの旦那」

「……先程の話」

「報告しますか、上に」

「本当のことか」

「賊の噂話だっつって信じますかい」

答えを相手に委ねるような言い方だ。

だが、ミグナードは、

「伯爵閣下《かつか》に隠し子などはいなかったはずだ。だが、炉についてのことは私すら知らないこと。……貴様は何者だ、グラム」

「リーゼ様には陰からでも手助けしてやりたいと思う人間がそこかしこにいてもおかしくはないでしょう。賊であれ、賊を仮称する人間であれね」

セルジの子供であれば伯爵家に関わる貴族たちのことも知っているだろうが、その全てを把握しているわけでもないだろう。

思わせぶりなことを言っておけば勝手に邪推してくれるかもしれない。それを期待しておこう。

ミグナードがいい感じに取ってくれればこの賊生でやれることが増えるかもしれない。

「詳しいことは後にする。場所を変えるぞ。我々は市民にとって……」

少しだけその後の言葉を詰まらせて、かすかな無念さを混ぜて続けた。

「好ましい人間ではないからな」

付いてこいと背中に書いてあるようだったので、従うことにした。

×××

「報告に上がったのだ、通せ」

「申し訳ございません、セルジ様はご体調が芳《かんば》しくなく誰も通すなと」

「我が子すら会わせるな、と？」

「……ベルゼニック様のご命令でして」

伯爵邸の一角でそのように悶着が起きている。

騎士風の男はどうあってもミグナードを通そうとはしない。ただ、騎士風自身も申し訳なさそうな、自分が理不尽なことで親子を対面させまいとしていることを理解しているようではあった。

だが、それでも折れないのはそれだけベルゼニックが恐ろしいのであろうことは見てわかる。正当性に関してだってミグナードが正しいだろう。我が子が会いに来て、どうして他人であるベルゼニックがそれを邪魔するのか。ただ、正当性なんてベルゼニック側にはどこにもない。理不尽が罷《まか》り通《とお》って当然の場所になってしまっている。

「ミグナード様、ここでやいのやいのやっていても仕方ないでしょう。騎士殿もお困りですし……。ああ、騎士殿。ミグナード様は報告を上げに来たがこうした事情でお伝えできなかったことは覚えておいてくださいよ」

「ああ、勿論だ。ベルゼニック様にもお伝えしておこう」

騎士風もこれ以上のやりとりをすれば心労が重なるだけであったので助け舟を出したオレに対してそれとなく会釈《えしゃく》をして感謝を伝えてきた。

リゼルカにも真っ当な奴はいそうなんだよなあ。まあ、ろくでもねえ連中ばかりじゃあ仕事は回らんよな。

不承不承といった感じではなく、少し冷静になって自分の行いが強引だったことを反省している様子のミグナード。

こうしてみると普通の青年なんだがなあ。殺されておいてなんだが、喜んでベルゼニックの元で剣を振るうようなタイプにも、人材商を守って利益を得てウハウハ、なんてことをしているようにも見えない。

とりあえずこの場所に長居するのもと思ったのでそれとなく外へと誘導することにした。

×××

「すまない。引き際を見失っていたようだ」

「セルジ様はミグナード様のお父上なんですな」

知っていることだが、一応話の流れでそう聞くことにする。

「ああ。清廉な人でリゼルカ伯爵閣下と共にこの都市を栄えさせる努力をされていた。ただ、こんな時代だ。学だけでは守りきれないと考えて私や妹に武芸を修めるよう道を示してくれた」

「将来を見越していたわけですな」

「自分のように政務に通じさせたい気持ちはあったようだがね」

この辺りは喧嘩《けんか》っ早いことで悪名を稼ぎまくっているツイクノクって伯爵領もあるしな、信頼できる武力担当は幾《いく》らあってもいい、って感じかな。

なるほど。割と事情的にはリーゼに似た状況かもな。変事があって戻ってきて父のために武芸を振るうことになった。

「父のためと技を振るうが、正しいことを行えていないことは……理解している」

「セルジ様はどうなんです。元はリゼルカを何とかしようって考えていたお人なんでしょう？　どうしてベルゼニックなんぞに……いや、ベルゼニック様のようなお方と共に歩んでおられるのか」

「ベルゼニック殿の辣腕《らつわん》によって伯爵閣下が倒れてからの混乱をくぐり抜けられた、と聞いている。だが、それも人づてに聞いただけだ。真実はわからない。……父上が政務につきっきりになってからは数度会ったきりで、あとはベルゼニック殿を介しての会話しかできていないのだ」

父への愛か、正しさを追い求めるべきか、悩んでいるってわけか。

アーシャは後者を自ら選んだが、そう簡単に決断できることでもねえよな。なまじ父親に会っちまってると余計に。

「すまない。愚痴など」

「賊の割には口が堅いんでね、安心してくださいよ」

ひとまず、騎士風との仲裁で信頼を少しは得られたようだ。

「賊に愚痴を吐くくらいにはお疲れのようですなあ。今のリゼルカでも昼寝できるくらい治安のいい場所ってのは幾つもありますよ。そこで休憩してみるってのはどうです」

そんな具合にオレがこの都市に冒険者として世話になっていた頃に立ち寄ることのあったいい感じのスポットをいくつか教えた。特にお気に入りだったのは郊外にある公園だ。大きな木が幾つも育っていて、いざってときは木の枝を伝って行けば都市外に逃げ出すことができるのも大きな理由だ。

そういうところに賊根性が染み付いちゃいるが、『いざというときの想定』ってのを抜きにしても風光明媚《ふうこうめいび》な素敵な場所だ。

「長く住んでいるのにそんなことも知らぬと、恥ずべきことだな」

「それだけ尽くして来られたんでしょうや。恥ずべきどころか誇るべきことだと思いますがね」

リゼルカがこんなことになっていなけりゃ、彼も真っ当に伯爵付きの騎士になっていたんだろうな。

清廉潔白《せいれんけっぱく》で真《ま》っ直《す》ぐな彼が黒い外套《がいとう》なんぞ纏《まと》って人材商の護衛をしているなんてのは皮肉にもならない。残酷な話だ。

ともかく、そんな感じの話をしつつ互いにやるべきことのためにと別れた。

本当はやるべきことなんてないが、賊が集まっている場所のことを彼から聞き出したのでそちらへと足を向けてみることにした。

✕✕✕

雇われ賊は使われていない、それほど身分の高くない貴族の邸《やしき》が立ち並ぶエリアにあてがわれている。

ベルゼニックに従う貴族たちはそう多くはなく、しかし従うものは既に元々は上位に位置していた貴族の邸に遷《うつ》っているようだった。

元々はそれなり以上に華やかなエリアだったのだろうが、賊やゴロツキ傭兵の巣穴になったからか、汚れが目立つようになってしまっている。

流石に街の人間を攫《さら》ってきて好き放題するほどにはなってないが。

暫《しばら》くの間はそれとなく様子を窺《うかが》ってこの辺りのルールを探っていたが、ルールらしいものは見当たらない。

精々が『喧嘩するな』、『殺し合いするな』、『攫ってくるな』、『奪ってくるな』くらいのものらしい。おおよそ文明に触れていれば選択肢に上げないようなものだが、残念な話ながら大多数の賊にとって『文明的な思考』というものは欠片《かけら》も存在していない。

寝床などもそれぞれが勝手に部屋を使うなり庭を使うなりしているようだった。

宴会をしている連中のところに入り込んで、盛り上がりに乗じる。

相手もオレが誰かなどは興味はないが、呑《の》んで騒ぐ相手は仲間という扱いのようだった。

「げへへっ、セルジ様々、ベルゼニック様々だぜ。俺らみてえなヤカラに好き勝手させてくださるとはよお」

「酒も定期的にくださるしなあ」

「その辺りを差配しておられるのはベルゼニック様のようだぜ。俺はこの前ちょっとばかりあの方の麾下《きか》に話をさせてもらってよ。女とかはどうなんですかねって。手に入らないもんですかってさ」

「どうなった？」

「もうじきリゼルカをガッチリ支配できる。そうなりゃ今まで輸出してた人材の幾つかを分けてくださるかもってベルゼニック様が仰《おつしや》ってたってよ！」

「さっすがベルゼニック様！　話がわかるッ！」

会話に耳を傾けるとセルジとベルゼニックの支持率は高いようだ。そりゃそうだよな。今までは街道沿いで人を襲ってなんぼの連中が、最高効率を叩き出せそうな餌場《えさば》にご招待されてるんだ。

「しっかし、兄弟よお。よく我慢できるよな。通りを何本か隔てたところにゃ獲物がゴロゴロいるんだろ？」

　というわけで突撃レポートだ。

「ん？　あー、兄弟。お前新参か？」

「最近来たばっかりさ」

「あー、なら覚えておいたほうがいいぜ。街中を歩くのはいいが、問題の一つでも起こしたならベルゼニック様の代紋をつけた見回りが容赦《ようしゃ》なく斬り殺してくるからな」

　悪さをするやつは当然出てくるらしい。そりゃそうだ。最高の狩り場を前にして『待て』なんて賊にできるって思うほうがイカれてやがるってもんだ。

　が、それを斬り殺して民心を得ようとする自作自演がまかり通る構造にしているのだと彼は言う。無駄のないやり方ってやつだ。おっかねえ。

「でも実際、それで民心は得てるのかい？」

「それで得られたら苦労はねえよな。だからこそ伯爵太子の首を挙げるのに必死になっているって噂もある。リゼルカの正当な跡取りがいなくなりゃ民心ってやつは一気に傾くんじゃねえかな」

「セルジ様にか？」

「いやいや、セルジ様はお飾りに過ぎねえよ。結構前までは政務もしていたみたいだけど、俺がここに来てからは表に出てきたところなんて見たことがねえなあ。準備が整ったらセルジ様も」

首を刎《は》ねるようなジェスチャーをしてから、

「取って代わるだろうよ、ベルゼニック様にな」

ミグナードも当初は会えていたって話をしていたっけな。

取って代わったあとの準備がチンピラゴロツキ集めだの、民心集めだのってところか。

「セルジ様ってのは今どこで何してるんだ？　一応は責任者なんだろう？」

「伯爵邸にいるらしいが、どうなんだろうな。さっきも言ったがセルジ様はお飾りなんだ。

そういう噂ばかりが立っているってだけだが」

「ああ、表に出てきたところを見たこともない、って話だったもんな」

「以前はセルジ様もリゼルカ内外でも知られた賢人だったそうだから、神輿《みこし》にゃちょうどよかったんだろうさ」

×××

という話を聞いた。

折角ここまで情報を仕入れたからにはセルジ様にも会ってみたい。

実は本当に捕らえられていて虎視眈々《こしたんたん》と反抗のタイミングを待っているとかだったら話

は早い。連れ出して、リーゼにでも渡せばいいはずだ。そうすりゃアーシャもミグナードも救われるだろうしな。

正直、あっけないくらいに忍び込めた。

オレの身なりが賊そのものであり、見張りや警戒をしているものがオレを見かけたとしても身内がほっつき歩いている程度の認識なのかもしれない。

内部に入り込んで部屋を探す、というのは悪手だろう。騎士であるミグナードと一緒であっても通せ通さんの問答になっていたくらいだ。昼夜関係なく警戒しているだろう。

無関係で賊のオレが忍び込んでいるのを見られた日にゃあ即ずんばらりん、意識が闇に解《ほど》けておしまいになりかねない。

あのときの問答はむしろラッキーとも考えることができた。あの騎士風が守っている先にいる可能性があるってことだ。

邸の外側から見て推察し、守っている先ってやつであろう場所へと忍び込む。手すりやら壁の縁やらを使えば割とあっさりと登れるものである。

伯爵邸はそれなりに華美に作られているが故の弱点ってところか。

バルコニーへと侵入し、室内への扉をチェック。鍵なし。本来出入りするための扉の向こうからは気配がない。つまり、守っている騎士風とこっちの部屋には別に部屋なり通路なりがあるってことだろう。

こっそりと扉を開いて中へ。

暗い部屋を照らしているのは月明かりだけだ。

目を凝らす。

誰も居な――

「全ては……」

うおっ⁉

危く声を上げそうになった。気配をまるで感じなかったというのに、この部屋の一角から声がしたのだ。

「ベルゼニック殿に……」

大きく重厚に作られた机に向かって座る男が一人。

顔色は悪く、焦点もあっていない。

気配を感じなかった理由もすぐにわかる。

「任せる……全ては……ベルゼニック殿に……任せる」

蒙昧《もうまい》となり、同じ言葉を吐き続けている。

気配を感じないのではない。彼からそもそも気配の元になるような『人らしいもの』が感じられないのだ。

まるで人形である。

だが、人形ではない。れっきとした人間だ。形は、だが。

「おい、アンタ。大丈夫か」

肩を摑《つか》んで揺らしても一向に変化はない。

ビンタを張ってみようかとも思った辺りで扉の向こう側から気配を感じた。つまり、目の前の彼のようなものではない、自我を持った何者かの、明確な意思を持った歩み。

隠れる場所はそう多くない。

馬鹿げた隠れ場所だとは思うが、カーテンの裏へと入り込む。気配を殺す。案外こういう場所も堂々としてりゃバレないもんだ。

扉が開く。

足音からも情報は拾える。

音の重さからして男だろう。痩せ型のそれじゃない。それなりの体重がありそうだ。しっかりとした足取り。自分に自信のあるタイプかな。

何かの作業をする音。陶器が触れ合うような。ああ、そういえば気配を感じなかった男の近くに香炉《こうろ》が置いてあったな。

「セルジ殿。ご機嫌はいかがですかな」

「……ベルゼニック、殿……」

入室した正体不明の存在はベルゼニックだったわけだ。溜息《ためいき》を吐《つ》いてから「何か言いた

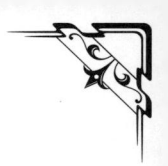

いことがあるのかね？」とセルジに声を掛ける。

「リゼルカを、リーゼ様を……」

その言葉に返答はない。ふん、とあざ笑うように鼻を鳴らした。

「《降りよ暗幕、夜の星すら霞《かす》む雲》」

詠唱《えいしょう》。魔術か。それきりセルジは言葉を発することはない。

「結局人形にしきるには要素が足りなかったか。だが、安心せよセルジ。私がしかとリゼルカを導き、覇道によってこの地に栄華をもたらしてやろう」

くぐもった笑いを発して、再び部屋を後にする。

暫くの間は隠れたままでいる。完全に気配が消えた後もだ。

ビビってるわけじゃないからな。こういうのって消えたと思って出てきたら「やはりネズミが入り込んでいたか」ってパターンってのがあるあるだろ？　伊達《だて》に『百万回は死んでいる』のを自称しちゃいない。

まあ、そんなに死んでいるのにいつもあっさりくたばっているってのは目を瞑《つむ》ってくれ。

無茶をして失敗したツケってのを支払うのは命くらいしか持ち合わせがないからな。

……もういいだろ。

カーテンから出る。周りに人はいない。セルジ以外は。

外の気配もない。

セルジは先程と同じ状態だが、言葉は発していない。あの魔術によって意識をどうにかされているのか。

香炉からは煙が立っている。あんまり長く吸うべきものじゃなかろうな。

「おい、大丈夫か？」

ぺちぺちと頬を叩く。

ゆっくりと視線をこちらへと向ける。

「……ベルゼニック殿に……」

こりゃあダメかもわからん。

何か刺激になること……。

「ミグナードとアーシャをどうしたいんだ、お父様よ。アンタがぼんやりしてたら二人の命はヤバくなる一方なんだぞ」

「ミグナード……アーシャ……」

「そうだ、アンタの子供だ。アイツらも必死だぞ、このリゼルカのためであれ、アンタのためであれな。アンタはここでボンヤリを決め込むってのか」

「ア、アア……ウゥ……」

震える手が何かを指し示す。

蒙昧にされた意識に、かすかな自我が抗うように。

リゼルカの地図が壁に貼られている。

「ウ……ア……」

「……裏？」

地図を剝がすと、そこには窪《くぼ》みがあり、指輪が納められている。

こんな隠し方をしていて、よもや結婚指輪だとかそういうものではなかろう。

「リゼ……ルカ……様……」

意識などないのかもしれない。夢の中で何かを求めたのか。だが、それが最後の一雫《ひとしずく》だったのか、それからはずっと「全てはベルゼニック殿に任せる」の一点張りになってしまった。

オレはこそこそと部屋を抜け出した。

この日は冒険者時代に何度か使った無料で寝られる場所、つまりは家なき子御用達《ごようたし》な場所で寝ることにした。感傷ってやつだ。笑わば笑え。死に慣れていてもこういう執着ばかりは残り続けるものだ。

×××

翌日になって賊兄弟が宴会をしていた邸に戻ってみると何やら騒がしい。

「どうした？」

「おう、昨夜の。聞いてないのか？　セルジ様がぶっ殺されたそうだ。下手人はまだ街にいるはずだから探してこいって命令が下ってよ」

セルジが殺された？

オレが行ったあの後に？

帰り道は警戒していたからオレの真似をして入り込むような奴はいないと思う。

内部の犯行だとして、殺される理由はなんだ？

「……」

もしかして、あの指輪か？

それともあそこで話したのがそのあとに実は自我の揺り起こしでもあったとか。

だとしたら後悔が尽きない。入り込んだルートは前後不覚の人間を連れて移動するのは無理だが、他の算段を考えなかったのも事実だ。

「どうした、兄弟。顔色が悪いぜ？」

「あ、ああ。呑みすぎちまってよ。兄弟たちはどう動くんだ？」

「俺らに規律正しい集団行動なんて無理だしな。動いてて問題ない場所を虱潰《しらみつぶ》しに探すさ。表通りの方は騎士やら多少マシな風体《ふうてい》のゴロツキどもが行くだろうよ」

「探すったって目星は付いてんのか？」

「何でも剣を使ったんだとよ。それもただの剣じゃねえ。無形剣《ブレイズ》だとさ。そんな使い手を探せってのも……って話だが、無形剣《ブレイズ》に使う剣はそれなりに大振りなものらしいからな。でっけえ剣持っている奴に目星をつけてみるかって話になっているぜ」

「そうか。オレもちっとばっかり探すとするかな。見つけたら恩賞も」

「アリアリだとよ」

「たまんねえな。それじゃあアリアリに辿《たど》り着《つ》くことをお互いに祈ろうぜ」

「おう！」

といった具合に別れた。

……無形剣《ブレイズ》。無形剣《ブレイズ》の使い手なんてそうそう転がっているわけもない。

ミグナード、アーシャのどちらかが？

いや、ミグナードはわからないがアーシャの気質から暗殺まがいのことをするとは思えない。まして自分の父親を殺せるとも。

ではミグナードはどうだろうか。

考えても仕方ない。こういうときは会ったほうが話が早い。

場所の当て、場所の当て……。オレと話したときに出た『郊外の公園』に行く可能性はあるだろうか。

どちらにせよこっちに手札はないんだ。向かってみるとしよう。

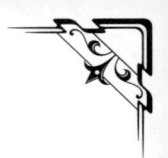

×××

街中はベルゼニックの息がかかった連中が多くうろついていたが郊外まで来ると流石に人の気配はなかった。

うららかな午後だが、その陽気を満喫《まんきつ》している家族連れや恋人同士などはいない。その辺りも個人的には気に入っていた。

木々によって影が生まれている場所へと踏み入った途端、声。

「先日ぶりだな、グラム」

「ミグナードの旦那。探しましたよ。……っと、ベルゼニックの命令じゃあないですよ。場所も伝えちゃいない」

殺意のようなものは感じないが、無形剣《ブレイズ》を放てるような達人が無様な気配を出すとも思えないしな。

「ただ、聞きたいんですよ。昨夜はどこにおられました」

「冒険者ギルドだ。人払いをしてもらった部屋でハイセン殿と話していた」

「内容は流石に教えていただけませんよね」

構わないさ、と。

彼が追い立てられている状況は理解しているらしい。

「父上を助け出し、外に逃がす依頼を作ってもらっていた。今のリゼルカにある大義は伯爵閣下の後を父上が代理していることにある。暗躍するベルゼニックだけになれば大義もない」

セルジが助けを求めれば筋のよろしくない他領が介入する可能性がある。例えばツイクノクのような連中が。

だが、セルジもいない状態でベルゼニックがそれをやったとしてもツイクノクは動くに動けない。大義のない侵略となればそれをダシにして他の領地がツイクノクに攻める理由を与えることになるからだ。

「だが、それも遅かった。下手人に仕立て上げられた理由まではわからない。どこかで冒険者ギルドと共謀していたことが漏れていたのか、それとも父上を殺したあとであれば私の忠誠心はベルゼニックに向かないと考えたか」

悔しげな表情を浮かべるミグナード。

このまま彼の後悔を聞いてもいいが、オレはオレで彼に伝えねばならないことがある。

それは、

「旦那。おそらくセルジ様が死ぬ前に、オレは会ってるんですよ。彼に」

「父上に……？」

「勿論、オレが殺したわけじゃない」

昨夜あったことを何もかも話す。

そして、その後に彼が指し示した指輪を見せるとミグナードは驚いた表情を浮かべた。

「重要なものですか？」

「伯爵家の家宝だ。都市に関わる様々な機能に干渉できる力を持っている装置の、いわば鍵だ」

それは例えば閉ざされた門を遠隔で開いたり、防衛に関わる重大なアレコレを制御する力があるという。

使えるのは伯爵家の血を引くものに限られているようだが。

「父上はこれを何故」

「明らかにベルゼニックに洗脳されているようでしたよ。けれど、彼の家族についてのことを言ってみたら最後の理性を振り絞るように隠し場所を教えてくださったんです」

「家族のこと、か……」

アーシャを思っているのだろうか。

であれば、その思いを結実させる道を作り出してやろう。他人ができるのは背中を押すことくらいだ。

「ミグナードの旦那。この木を伝っていけば外に出られます。何もかも一回忘れて、アーシャのところに行ってやってください。きっとセルジ様もそれを望んで――」

「ダメだ。それは許してやることはできん」

声。

我こそが絶対的な存在であるのだと他者に知らしめ、圧を掛けるような重い声。ベルゼニックの声が響き渡る。

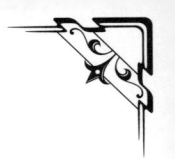

×××

「ベルゼニック殿、何か御用ですか」

「父殺しの罪、贖《あがな》ってもらおうか」

にたりと笑うベルゼニック。ミグナードはその表情に剣を構えることで自らの態度を示した。

「……ここで弁明したところで、どうあれ私に罪を着せるつもりでしょう」

ベルゼニックは一人ではない。彼が選んだ部下らしきものたちがずらりと集まっていた。いずれもがリゼルカの人間ではない。チンピラ賊やゴロツキ傭兵。だが、無形剣《ブレイズ》を扱うミグナードに木端《こっぱ》を幾ら当てたところで被害が増えるだけ。それをわからぬベルゼニックではないだろう。

ここに集められたのはそれなり以上に腕っぷしに自信のある連中だってことだ。

オレが助力したところで大した手伝いにもならないが、それでも手頃な石ころをポケットにパンパンにしてきていないのは不覚もいいところだろう。

相手の主戦力は弓持ちのようだ。木を伝って逃げようとすればいいマトだな。

「グラム――」

オレの名を呼ぶと共に、振るわれるのは無形剣《ブレイズ》。

爆音と共に木を根本から切断した。大きく育ったそれがぐらりとゆれるとベルゼニックたちめがけて倒れていく。

「行けッ！　生きてそれを渡すべき相手に渡してくれッ!!」

切り込むミグナード。そういう役目はオレの仕事だろう。

だが、物事は動き始めてしまった。

倒れる木、あるいはミグナードが次々斬り倒すベルゼニックの手下たちを縫うようにして公園から逃げ出す。

「逃がすものかッ」

ベルゼニックはオレを睨むようにしながら、

「《我が腕《かいな》は、弓》」

短い魔術の詠唱を終えて、非物質の矢を撃ち出す。

複雑な軌道を描いて迫るそれを回避しきれずにオレの肩やら脇腹やらに突き刺さるが、止まっていられない。

懐にある指輪さえ落ちていなければ負けじゃない。

オレは必死に走って、走って、郊外から街中へと逃げ延びた。

逃げる最中でもオレの後ろではミグナードの戦う音は止《や》むことはなかった。

×××

「虎の子《手練れ》を全員連れてくるとは、私の実力を買ってくださっているようですね」

「当然であろう。無形剣《ブレイズ》を繰り出せる貴様は間違いなく、この都市最強の刃《やいば》。金に糸目をつけずに集めたものたちをここで使わずどこで使う」

そう言いながら、ベルゼニックは片手で喉笛を切るようなジェスチャーを取る。

殺せ、のサインだ。

(弓持ち六、剣持ちが一、槍持ちが一。魔術を使いそうなのはベルゼニック殿だけだ)

つい先程まで味方だった連中が相手だ。

互いに手札は十分に理解している。

定石であれば魔術を扱う人間から始末するべきだが、それを狙うのはベルゼニックも理

解している。

既に無形剣《ブレイズ》の攻撃範囲からは離れており、逆にベルゼニックは自らの攻撃手段である『弓要らずの魔術』の射程範囲にミグナードを捉えていた。

(剣持ちと槍持ちは隣領のツイクノクで騎士の身分で召し抱えられるほどの腕前だったはずだ。単純な地力だけであれば私が幾らか上だろうが、二人で掛かられれば敗色は濃厚だろう)

踏み込む。

弓持ちへと進み、剣を振るう。鋭い踏み込みからの斬撃で一人の首が飛んだ。

剣と槍は動作を見せたミグナードへと殺到する。

(無形剣《ブレイズ》は詠唱を含めれば威力を底上げすることもできる。だが、最大の利点は詠唱そのものを棄《す》てて、所作のみで発動することができる点にある。剣を振るえば無形剣《ブレイズ》は放てない、そう思わせ続けた。今もそう判断しているのだろう)

先にミグナードへと武器を振るったのは槍持ち。だが、その槍が届くことはない。

その体は無形剣《ブレイズ》によって真っ二つにされていた。剣や体勢を向けた方向にのみ無形剣《ブレイズ》を打ち込めるなどという法則はない。

無形剣《ブレイズ》の扱いに慣熟しているならば、予想もしない場所から刀身を生み出すことが可能であった。単純な技の出力だけでなく器用さも求められるため無形剣《ブレイズ》の使い手の中でも更に数が絞られる。そうした意味でミグナードの実力はベルゼニックが言うように力と技を兼ね備えた、リゼルカ最強の刃たる武芸者であった。

地を割って生えるようにして現れた非物質的な刃の出現と、同僚である槍持ちの死に驚《きょう》愕《がく》する剣持ちだったが、行動に綻《ほころ》びは見せない。

既にミグナードは剣は振り切った。無形剣《ブレイズ》を放った。次の動作に入るまでの瞬きの間に剣を叩き込めれば勝利を掴むことができる。

しかし、ミグナードの判断はより高度なものだった。騎士としての誇りがあり、怜悧《れいり》な印象を受ける彼であるからこそ、綺麗《きれい》に戦うだろうというのを彼以外の全員が考えていた。だからこそ、極めて単純な、大地へと飛び込むような前転をしての回避をするなどとは思ってもいなかったのだ。全身が泥に塗《まみ》れ、その姿に流麗さのかけらもない行動。

であっても、ミグナードの体は敵対者の剣から逃れることに成功し、さらに弓持ちたちに一気に距離を詰めることができた。

一瞬の斬撃で弓持ちが全員斬り伏せられる。再び剣持ちが突き進み、次こそ隙すら与えずに斬り伏せようとする。凄まじい集中力を持っていることをミグナードも理解していた。

こうした相手に無形剣《ブレイズ》を撃ったところであっさりと回避されるのを彼は知っていた。

であれば、単純な剣力《腕前》での勝負となる。応じようとした瞬間だった。

剣持ちの体から出血があった。それに気がついたときに、ミグナードもまた膝を突いていた。

「腕利き全員の命を使ってでも、貴様を手に入れられるのならば安いものよな」

にたりと笑うベルゼニック。

ミグナードの体にも幾つも風穴が空いていた。魔術の矢だ。だが、今まで見せたものよりも遥かに速度は速く、鋭利《えいり》なものであった。ミグナードが戦術を隠し持っていたように、ベルゼニックもまた、牙を隠していた。

ミグナードはベルゼニックに対しての返答をせず、命が消えるまでの数秒でできることから行動を選択する。

無形剣《ブレイズ》を放つと同時に踏み込み、剣を振り下ろす。

だが、それも読み切っていたベルゼニックはそれらが実行される前に魔術の矢によって腕と足を打ち抜き、攻撃の機会を奪う。

「ベルゼ……ニック……」

「愚かなことだな、ミグナード。セルジは常々言っていたのではなかったかね。家族よりも都市リゼルカを選べと。貴様が最初からリゼルカ全体を守らんとし、セルジと敵対していればこうはならなかったであろうに。父親《セルジ》同様に愚かで、本当に感謝しているよ。ミグナード。……くくく。はははははっ!」

血の海に沈むミグナードの前で哄笑《こうしょう》を上げるベルゼニック。

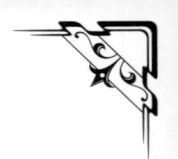

その笑いは暫《しば》しの間、公園中に響いていた。

×××

人通りのあるところで目立ったことをするとベルゼニックの威を借る連中に目をつけられる。

その事前情報のお陰で目をつけられないよう偽装して歩き、警戒を欺《あざむ》くことに成功する。

そこらに捨ててあったボロ切れを纏っているだけだが、今のオレは誰がどう見ても哀れな家なき子にしか見えまい。

問題はまあ、ある。オレが歩いた後には足跡代わりに血痕《けっこん》が垂れ落ちていることだ。

それでも、オレは目的地まで到達できた。

リゼルカ冒険者ギルド。

セルジを操っていたベルゼニックに反骨心を失わないままに存在する現リゼルカの良心。

扉を開くと冒険者ではないオレに視線が刺さるが、気にしてもいられない。

場違《ばちが》いな姿《すがた》の
「君はこの前の」

「流石はハイセンさんだ。気がついてくれるとはな」

なりふり構っている余裕がない。死に慣れているからって痛みや死に瀕して心に襲いかかる絶望感のようなものを克服できているってわけじゃない。

「治癒できるものを」

「いや、いい。どうせくたばる。それよりも」

懐から指輪を取り出し、ハイセンへと渡す。

「ミグナードの旦那からだ。使い方はリゼルカ伯爵太子ならわかるってよ。……げほっ」

緊張の糸が切れつつある。ぱちっと切れちまったら確実に終わる。

「頼む。これを伯爵太子に運んでくれ。依頼料は……」

なーんも持ってない。

こいつはズルいやり口だとも思うし、復活《リスポーン》について割れかねないが、思いついたことは一つっきゃない。

「このままじゃ誰も救われねえだろ。愛の手を頼むよ。中を漁《あさ》れば小切手の一つでも入ってるだろ？」

ハイセンさんも流石にどこで聞いたのかと顔に出るが、言葉の前に扉が開いた。

「ここにミグナード様を殺した犯人が逃げ込んだという連絡を受けた！」

「ミグナードを殺りやがったな……クソッ」

肚《はら》に溜《た》めかねた言葉が口から漏れる。

「お前だな、賊め。ミグナード様殺しの容疑で連行する」

「ベルゼニック殿は冒険者とことを構える気になったということか？」

オレの横に立ち、守ろうとしてくれる。

彼だけではない。

リゼルカを愛した冒険者たちは自分たちの家を土足で踏み荒らされたことに我慢の限界を迎えたように立ち上がり、あるいは武器に手をかける。

気骨ってのは失われてない。外からはエンヘリカが、内からは冒険者が立ち上がればリゼルカはリーゼの下に戻って来るだろう。

だからこそ、ここで冒険者たちを失うわけにはいかない。

「いいんだ。この後に必ずリーゼが来る」

血が失われすぎた。頭が回らない。だが、言葉を尽くさねば。

「そのときにこそ、立ち上がってくれ。リゼルカを取り戻すためには冒険者の力が必要だ」

よたよたと歩き、オレをとっ捕まえに来た連中へと向かう。

暴れる必要もない。

「連れて行け、自供なんざしねえがな。ミグナードの旦那を殺すなんてオレがするはずもねえ。そんなことしてみろ。アーシャになんて顔向けすりゃいいか……」

一歩、一歩と外へと向かう。

大通りへと何とか出ることができた。

ベルゼニックと手を取り合うことを良しとしない冒険者ギルド。その施設の中でくたばったならベルゼニックが『ミグナード殺しの下手人が冒険者ギルドで死んだ。これはギルドが一連の事件で関わっており、口封じのためにギルドに殺されたのだ』とか言い出して、それから追い打ちをかける卑劣な手を使って冒険者ギルドの動きを殺しに来るだろう。冒険者たちが都市リゼルカに愛着を持っている以上、ベルゼニックにとって冒険者とギルドは目の上のたんこぶのようなものだ。

「……おい、ミグナード様を殺していないというのは本当なのか？」

外まで出ると一人がそう聞いてきた。

「ああ。アンタら騎士風の連中がどこにいたかは知らないが、ベルゼニックがチンピラどもを連れて郊外でミグナードの旦那を狩った。セルジ様も殺された。もうリゼルカ側にはどこにも大義なんざない。少しでも思うところがあるなら……自分の居場所ってのを……見つめ、直してみたら、どうだ」

大通りをよたよたと歩き、やがて、オレは意識が闇に解けていくのを感じた。

「おい——死ぬな——」

遠くから彼らの声が聞こえるが、返答することはもうできなかった。

×××

「……彼は何故」

ハイセンは小箱を開ける。

中には以前、ギルドに在籍していた冒険者が投げ入れた小切手が入ったままになっている。

炉は稼働こそしているが本調子ではない。

あくまでライフラインに関わるものだけに力は割かれており、ギルドが使っていた金銭に関わるやりとりなどの機能は未《いま》だ復帰していない。

(グラム氏は、還ってこなかった。だが、その後に依頼主《いらいぬし》が目的地《エンヘリカ》に辿り着いたことは聞いている。彼があちらで元気にしているのか、それともその道中に命を落としたかまではわからない)

ただ、少なくとも、停滞していた状況は動き始めていた。

エンヘリカはリゼルカ伯爵太子リーゼの署名付きの文章をリゼルカに送り、太子を伯爵と認めるように送った。

リゼルカ側はこれをリゼルカを支配しようとするエンヘリカの策略として拒否。

ベルゼニックに付いたものたちは交戦の準備を、今まで日和見《ひよりみ》に徹していた貴族たちもまたどちらに付くのかの決断をいよいよ求められる状況へと進んでいる。

この指輪が伯爵太子の正当性を認めさせる決め手になるものであれば、リゼルカはあるべきもののもとへと戻ることになる。

「ハイセンさん……どうします？」

そのように質問する冒険者の一人。

先程のやりとりもあって、冒険者の心は燃えていた。どうします、というのは「何をするか」よりも「どこまでやるか」のようなニュアンスが強かった。

つまり、今から体制側と一戦交えるなり、エンヘリカと合流するなりしないのかという意味だ。

エンヘリカとリーゼの動きもあって、日和見側だった貴族たちの中からも重い腰を上げて太子を選んだものは少なくない。

噂では日和見ではないリゼルカの国防を担っていた有力な貴族たちが丸々エンヘリカに協力を申し入れたという噂もある。

そうした噂は冒険者たちの聞くところでもあるからこそ、「どうするか」の発言に繋《つな》がっていた。少なくとも、そう行動させる気になる程度にはグラムの行動は火付けになっていた。

「依頼は……出さない」

「ハイセンさん!?」「そりゃないぜ！」「冗談だろう!!」

指輪を握り込むと、ハイセンは立ち上がる。

「私が行く」

かつて、ハイセンも冒険者であった。

後進の成長をこそ楽しみになってから一線からは退《しりぞ》いた。だが、それは後輩たちに道を譲ったことばかりが理由ではない。

彼が歩みをやめたのは、彼の中で冒険者たらんとする火が弱まっていたのを感じていたからだ。

だが、彼が冒険者として認定したグラムや、死にかけながら指輪を運んだ男《グラム》が彼の弱まった火に油を注ぎ入れ、薪《まき》を投げ入れた。

かつては銀灰位階《ぎんかいいかい》——個人の冒険者としての最高峰とも言える等級——に至った男が立つ。

「グラム氏が言っていた。冒険者とは自由の力で誰かの明日を作ることができると。私が依頼を達成した後にこそ、君たちがその力でリゼルカの明日を作るときが来ます。それまでは」

「街を守っています。それが今の俺たちにできる唯一の冒険者らしい仕事でしょうから」

【継暦150年　冬／8】

よっす。

指輪の依頼は出せたと祈っているオレだぜ。


アレからどうなったかは気になるが、今までの流れからすると死んでからそんなに時間も場所も離れていない場所……だといいんだけどな。

さて、周りの状況は……賊《ぞく》の巣穴や居住地って感じではない。平原の一角。離れたところには柵やら何やらが準備されているし、おおよそ賊らしからぬ装備や風体《ふうてい》の連中がたむろしている……というよりは歩哨《ほしょう》の任務を実行している。

オレの周囲にいる連中もまた賊だけではない。冒険者やら騎士崩れっぽい連中やらが武器の手入れやら昼寝やらを楽しんでいる。優雅なもんだ。

「おい、賊上がり。遺書は書き終わったか」

歩哨だと思っていたヤツの一人が近づいてくるとそんなことを言ってきた。

肉体の記憶を読むと、どうやらオレは他の賊と共に雇いあげられた一人らしい。

与えられた仕事は基本的には奇襲強襲に暗殺まがい。

遺書を書くように言われたのは次の仕事が達成できないようなものだという自覚が雇《やと》い主《ぬし》側にあるってことだ。周りの連中はそんな仕事でも受け入れる、いよいよ人生どん詰まりなお仲間で構成されているらしい。

「へへへ、賊が文字なんて書けるとお思いですか」

書けるし読めるけど、遺《のこ》す相手もいないしな。

「出す相手がいるなら俺が代わりに書いてやるぞ」

話に乗り込んできたのは騎士崩れだ。

「よしてくださいよ。賊のオレに家族なんているわけもねえ」

「そういうもんか」「そういうもんですよ」

歩哨（仮）と騎士崩れが顔を見合わせてから、

「ま、俺もそうだな」と。（仮）もまた騎士崩れに俺もだと同意している。

「賊上がり！　武器直しといたぞ！」

昼寝している賊だと思っていた奴は寝ていたわけではなくしこしこ作業していたらしい。

渡されたのは持ち心地の悪くない短剣だった。

鍛え直しを頼まれたがそれをパチって罪人堕ちした鍛冶屋《かじや》だったという記憶が浮上して

くる。

「ありがとよ」

「どうせこのあとなんてないんだ。できる仕事は今のうちにしておくさあ」

罪人鍛冶の男は蓄えたヒゲを撫でながら笑う。

ドワーフの男性はわかりやすい。強靭《きょうじん》そうな肉体と短躯《たんく》、ヒゲを伸ばしているからこそひと目でわかる。この鍛冶もまたドワーフであった。生まれついて死への恐怖が薄く、戦いの中で死ぬことを誉《ほま》れとする人種であるという知識もある。

罪人であろうとそのあたりの意識は変わらないらしい。いや、だからこそ恐れ知らずに罪人になったりするのか。気の良いヤツなのは間違いないようだけど。

「悪いな、手入れさせちまって」

「せっかく死ぬんだ。錦《にしき》の一つでも持っていねえとダメだ。自分で言うのもなんだが俺が手直しした短剣はいいぞ。錦といって間違いない」

がははと笑う。死を恐れないってのと、死が終わりじゃないオレじゃあその価値が大きく異なるものであろう。彼の言う死は誉れに向かうものであるからご期待に沿うような死にっぷりは晒《さら》せないだろうとしても、死を恐れないものがいると妙な慰《なぐさ》みを得る気持ちだった。

「おおい。酒もらってきたぞ!」

冒険者らしき男が樽《たる》を担いで現れる。

「死ぬ前に酒を振る舞ってもらえるなんて最高だな」

「雇い主は不気味な野郎だったが、この辺りを指揮している奴は元々が伯爵《はくしゃく》の部下だったお人らしいからな。俺らみたいな手合の扱いを心得てんだろ」

次には酒の肴《さかな》を見繕《みつくろ》ってきた奴が現れたりなどして酒宴は盛り上がる。

その中で得たことと、読んだ記憶からわかったことがある。

●現在、リゼルカとエンヘリカが戦争状態にある。数度のぶつかり合いが起こっている。
その『数度』でオレと一緒に雇いあげられた賊は全滅している。
●オレはリゼルカ側に雇われている。リゼルカの大将はベルゼニック。
セルジを殺したのはミグナードだとされた。

エンヘリカに雇われた暗殺者という扱いらしい。

エンヘリカには彼の妹であるアーシャがいることなどもその話に真実味を与えている。
●オレの仕事は本陣に奇襲を掛けて、エンヘリカの軍を指揮するエンヘリカ太子《たいし》であるロフォーツか、リゼルカ攻めの大義名分であるリゼルカ太子のリーゼを殺すこと。
オレはこの任務をよきところで切り上げて味方ヅラするべきだろう。
●奇襲にはオレやここにいる連中以外に、ベルゼニックが別に雇ったプロの暗殺者も同道するって噂があるようだ。

味方ヅラするにゃあこの暗殺者を何とかする必要がありそうだ。

……幾《いく》つかの情報を得て、整理している間に翌日の出発時刻となった。

何にせよ運がいい。オレはまだこの地で、この日々でできることがある。やるべきことは決まった。

✖✖✖

山越え谷越え大回り。奇襲をすると一言で言っても楽な道じゃない。

相手だってそれをされないための準備も、陣取りもしている。

そのうえで奇襲《カチコミ》しようってならやる側にも無理が生じる。

「げへへっ、こんなところで何してんだあお前らあ」

「肉食えるなんて嬉しいぜえ」「ひひひ」

顔色の悪い賊の群れ。この手のヤバめの連中が巣食っていたりするルートだって進まねばならない。

「迎え撃て！」

叫ぶのは引率役の騎士。元々はそれなりの家柄だったようだがオイタをして投獄《とうごく》。ベルゼニックが牢から逃して配下に加えた一人だそうだ。

そのためベルゼニックに対して忠誠心があり、この任務にも自分から望んで入ってきた。好感度稼ぎも楽じゃないね。

現在の編成は引率の騎士、プロの暗殺者、罪人鍛冶のドワーフ、歩哨（仮）、騎士崩れ、冒険者風、あとは引率と同じような立場の──つまりはベルゼニックにぞっこんなヤバい兵士が数名。そしてオレ。全員で十人を超すくらいの部隊だ。

始まるのは乱戦。

すぐにぞっこん兵士が数名くたばる。やる気満々で突っ込んで賊に袋にされる。よくある光景だ。

「お前らあ、仲良くメシになれえ！」

「お断りだッ」

歩哨が槍を突き立てる。だが、それを意にも介さずにぐいぐいと押し込んでくる賊。大きく武器を振るおうとした賊の首が飛ぶ。剣だ。騎士崩れが刃を振るっていた。

「大丈夫か」「た、助かった」

槍は半《なか》ばまで賊の腹に埋まってしまっている。取り出す時間はない。歩哨は腰から短身の剣を抜くと構えた。

「ぬぅん！」

鍛冶用のハンマーよりも遥かに大きな鈍器を振るえばそれだけで賊が蹴散らされる。ドワーフは生来の戦士だ。罪人であろうとなかろうと、それが変わることはない。

「おぞましい真似をする貴様らに負けてなどやるものかよ！」

「るせえ！　オレたちは好きでやってんだ！」

「より救いようがないわッ！」

罪人鍛冶に続くように冒険者風も応戦している。

オレも見ているばかりではない。ぶっ転がされた賊の持っていた武器を拝借する。

狙うべきは賊どもの中心人物。群れであっても、いや、群れであるからこそカシラやそれに相当するものは存在する。

引率の騎士も同じ考えだったのか、彼は深く斬り込んでいた。

囲まれることも厭《いと》わずに戦っている。いや、囲まれたとしても次の瞬間には賊を斬り倒し、カシラらしきものの元へと辿《たど》り着《つ》いていた。

この任務を預けられるだけあって、相当の実力者だ。アレで牢に繋《つな》がれるような事情がなけりゃあ言う事無しの人材だったんだろうな。

オレが彼にしてやれることはここから背を狙う連中を投擲《とうてき》で倒すことくらいだ。

「ベルゼニック様の為にィィ！」

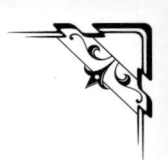

「今夜の肉ゥゥ!!」

カシラの持っている武器と騎士の剣とがぶつかり合う。

何度かの閃《ひらめ》きのあと、ぱつんと首を刎《は》ねられたのは騎士だった。

「後ろからぺしぺしと小賢《こざか》しいことをッ」

騎士の首を喜ぶでもなく、猛然とオレへと走ってくる。戦場で目立つことを注目《ヘイト》を買うなどというが、確かに憎しみではなかろう。目立ちすぎた後衛の行く末は大抵の場合ああした腕自慢に叩き潰されるのが通例だ。

しかし、オレはただの後衛じゃあない。投擲の技巧《ぎこう》でしっかり迎撃もできるんだよ。転がっている武器や石ころを投げつける。が、このカシラは危険な連中をまとめ上げているだけあるようだった。

危険な武器は避け、当たっても最低限の怪我《けが》で済みそうなものは無視する。

戦いのセンスってのがありやがる。そうこうしている間に距離はかなり詰められ、オレ側には投げるものが尽きていた。

「くたばれやァァァ!!」

まだある。

投げるものが腰に吊《つ》るされている。

罪人鍛冶が研《と》ぎ直《なお》した短剣が。

「くたばるのは、てめぇだあァ！」

抜き撃つようにして放つ。

今更短剣一つなどものの数ではないと言わんばかりに叩き落とそうと武器を振るう。

しかし、ドワーフによって調整されたからか、それとも引率騎士との戦いなどの蓄積分もあってか武器を砕《くだ》き、短剣がカシラの眉間を貫いた。

カシラがやられてしまえば生き残りの賊がやれることは多くない。この賊は全員一目散に逃げ出していった。

カシラの血に汚れた短剣を彼の服で拭《ぬぐ》い、腰に吊るしなおす。

こいつは確かに錦そのものだ。なにせ勝利を運び込んでくれたんだからな。

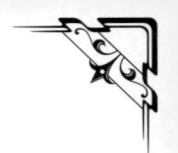

×××

「随分減ったな」

出発から獣に襲われ、小鬼に襲われ、挙《あ》げ句《く》に賊に襲われ、随分と数を減らした。

生き残っているのは暗殺者、罪人鍛冶、歩哨（仮）、騎士崩れ、冒険者風、そしてオレ。

「ベルゼニック大好き軍団は全滅か」

騎士崩れがぽつりと言った。

彼も元は騎士ではあるものの、ベルゼニック派というわけではないらしい。

「あんたはまだやるつもりなのか、プロさんよ」

「依頼と趣味が合致した状況だ。ここで降りる選択肢などない」

「趣味？」

冒険者風が好奇心に負けて質問を投げかける。

プロの暗殺者と呼ばれているのだから下手な詮索《せんさく》は危険な気がするが。

「俺は貴人《ハイツ》の女が死ぬのを見るのが大好きなんだ」

冗談とかではなさそうだ。

「そ、そうか……」

冒険者風はプロの最低な性癖暴露を聞いてそれ以上何かを言うのをためらった。

「チャンスじゃね？」

オレはこの状況をそのように口にしてしまう。

「チャンス？」

歩哨（仮）がオレの言葉に疑問符を付けた。

どうせこの状況だ、言うだけ言ってみよう。

「暗殺者の旦那。アンタはオレたちが逃げるって言ったら後ろから殺しにかかるかい」

「お前たち全員を殺すのは無理だろうな。先程の戦いを見ていたが、いずれも実力は確かだ。手傷を負って趣味を完遂《かんすい》できないことになるわけにはいかん。それに暗殺するならば少人数のほうが都合がいいのもある」

「……だってさ」

「賊よ。お前、まさか」

「そうそう。鍛冶屋の言いたい通りだよ」

全員がちらちらと顔を見る。互いにお前はどう考える、どう思う、と言いたげに。

「西には」

冒険者風が口火を切った。

「新たにできた都市があるらしい。そこでの法を遵守《じゅんしゅ》するなら今までのことを不問とし、冒険者として雇い上げる準備があると聞く」

初耳だ。口ぶりから相当遠くの場所の話なのかもしれない。

「我らを誘っているのか」

罪人鍛冶が言う。

「ああ。俺らならいいとこまでいけんじゃねえか」

「騎士から暗殺者まがい、そこから一転して冒険者か」

「経歴すごいじゃん。俺なんて田舎から出てきてわけもわからんうちに歩哨からここだぜ」

互いに自分たちの状況を整理しなおしている。

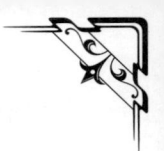

やがて、彼らは道を定めたように。

「目指すか」「目指そうか」「目指そう」

そういうことになった、らしい。

「賊、お前はどうするのだ」

罪人鍛冶がオレに問う。

彼らの話の輪に入っていなかったからだ。

「オレは……もう少しこの争いに首を突っ込んでみる。冒険者には憧れがないわけじゃあないがね」

「そうか」

腰に吊るしていた短剣を外すと、それをドワーフへと渡した。

「研いでくれたものをこんな風にするのもとは思うが、持っていってくれ。いい威力だった。きっと冒険者になってからも役に立つはずだ」

「死地にこそ錦は必要なのだぞ」

「オレの錦は冒険者になったお前らと共にあってもらいたいのさ」

「……わかった。これは預かっておく」

話が決着したと考えたのか、暗殺者は動き出す。

オレも柏手《かしわで》を打つようにして一同に言う。

「こんなつまんねえ仕事を押し付けられる立場じゃなくて、誰かを助けられるようなイカした冒険者になってくれ。もう悪党はこりごりだろ」

その言葉に一同は違いない、と笑った。

そうしてオレと暗殺者、それ以外の面々は道を別にした。

×××

本陣は整然としていた。兵舎代わりのテントが立ち並んでおり、賊じみた連中を雇っているような様子はない。きっちりとした軍隊で構成されている。

「お前はお前で勝手に動くといい」

「足手まといか？」

「足手まといだ」

そう言って暗殺者は早々に消えた。

実際、ありがたい。引き剝がせさえすればなんとでもなる。

この場で暗殺者を先に始末すればリーゼへの危険はより低減されるが、勝てる見込みもない状態で挑んで殺されれば、そもそも暗殺の危険を伝えることすらできなくなるからな。

そうして得た自由でオレはそこかしこを見回ることにする。リゼルカから下ったであろう部隊が幾つも見えた。リゼルカ家のものによく似た紋章《もんしょう》を盾やら鎧《よろい》に描いているからひと目でわかった。まあ、そりゃそうか。主家への忠誠心ってのがありゃリーゼに付くよな。

職能で斥候《せっこう》だと言われたとしても、オレの斥候の技術が上がるわけでもなければ、隠密能力や隠蔽力《いんぺいりょく》が上がるわけでもない。

なので必死だ。必死に隠れて進むしかない。

どこかのテントに忍び込んでこの場所に適した服装に切り替えるのも悪くはないが、盗むために入るのもリスクがデカい。

結局、着の身着のままで隠れながらそこかしこを探ることにした。

「リーゼ様から直接お言葉をいただいたよ。やはりあのお方こそ我らが付いていくべき人だ」

「しかし太子のままというのもな。伯爵を名乗ればもっとお味方が増えると思うんだが」

「炉《ろ》の制御権を取り返したときに宣誓するんだとさ」

「ああ、なるほど。炉を再稼働できるのは伯爵の血筋だけだものな。だが、まだ先は長いのが気がかりだが」

「そこは俺たちが」

そう言って少し離れたテントを見やる騎士たち。

「お守りし、進軍されるのをお手伝いすればいいだけだろう」

「その通りだな。リゼルカの新時代を騎士としてお手伝いできるのは限りない名誉よな」

なるほど。あのテントか。情報提供に感謝するぜ、と心の中で謝意を述べつつそのテントへと近づく。

あとは暗殺者が来るなりを待つか、それともいっそ入って何かしらご挨拶するべきか。

次の手を考えていると大急ぎでこちらへ——というよりはリーゼがいるであろうテントへと駆け込んでいく騎士が一人。

「ご報告申し上げます！　敵精鋭が前線を割りました！　防衛は固めていますが、到達する可能性もゼロではありません。ご準備を！」

その言葉にテントから出てきたのはリーゼ、アーシャ、カイリの三人。無事でなにより。姿も変わってないし今回も大きく時間が流れたわけではない、そう考えていいだろう。

暗殺者が来るならこのタイミングか。

完全に音も気配も殺した暗殺者がゆっくりと近付いてくるのが見える。見事だ。プロと呼ばれているだけあるな。

相手が何かをする前にやるべきことをやろう。そこらにあった空き瓶を摑む。掛け声と共に投げつける。「オッホエ」の一声はなくたって技巧は使える。しかし、やはり掛け声ってのはあったほうが技巧のツヤってのが違うんだよな。こう……いい感じに飛ぶんだよ。オレはイカした掛け声だと思っているがどうやら世間的には妙な掛け声とも取られるらしいのが残念だ。

瓶が暗殺者へと当たり、それによって気がついたアーシャたち。次の手に出ようとする暗殺者よりも速くアーシャの無形剣《ブレイズ》が一撃のもとに屠《ほふ》る。その後ろではカイリが《隔壁《かくへき》》の請願《せいがん》によってリーゼを守っていた。リーゼもまたどのようにすれば彼女たちが自分を護りやすいかを理解した動きをしている。

彼女たちの連携、その成長の過程を見られなかったのはちょっと残念。

「今の掛け声は……」

イカした一声に対して三人がそれぞれに視線を合わせ、

「あなたが？」

カイリが瓶を投げつけて状況を知らせたオレへと言葉を向けた。

暗殺者の存在を知らせたから即座にオレが味方、とはならないだろう。見てくれが賊だし。

「んー……なんて言やあいいかな」

助け舟というべきなのか、リーゼはオレに目を向けながら言う。

「あなたはもしかして、グラム様の氏族の方では？」

ああ。そんな話もしたな。当然出任せでしかないんだけど、過去の口から出任せが現在《いま》のオレを助けようとしていた。

「知ってるのか？」

「貴方《あなた》に――」

リーゼは言葉を引っ込めるようにしてかぶりを振る。

「貴方の一族に私は助けられっぱなしですから」

よもや復活《リスポーン》のことに気がついているわけじゃなかろうな。明確にダメなんてものはないんだが、知られることには忌避感《きひかん》があるのは間違いない。

「ですが、どうしてここに？」

「あー。実はお相手の方に潜入していてさ」

「お相手……リゼルカ側から……？」

「ああ。オレみたいな賊ですら必要としている状況だ。笑えるくらい追い詰められてるぜ。で、メシのために最初は状況もわからず手伝おうと思ってたんだが、事態を知っていくと他のグラムが関わったアンタたちが相手だって知ってな」

怪訝《けげん》、というわけではないものの、警戒心を引っ込めないままのカイリが、

「故にここまで来たということですか？」

警戒心があるというよりは、味方であることを祈っているが、裏切られると心が抉《えぐ》られるような気持ちになる。自衛のために疑うポーズを取っている。そんな風にも見えた。

「そうなるかな。氏族のルールにゃ従わんとだ。なによりあの胡散臭《うさんくさ》いベルゼニックの下に付くよりも正当な伯爵太子のお嬢様と麗しい騎士と聖職者のお二人に付いたほうが目の

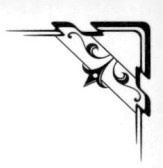

保養にだってなる。いいことずくめだろ？」

「軽薄な物言いは氏族の方らしい、というべきでしょうか」

苦笑を浮かべたカイリは少しだけ警戒を解く。氏族の話は共有されているんだな。

「まあ、オレが一人味方したところで状況が変わるとは思えないが――」「いいえ！」

言葉も途中でリーゼが強くそれを否定した。

圧すら感じる彼女の勢いに驚いたのはオレもだが、アーシャとカイリも同様であったらしい。

「貴方は間違いなく、私を……いえ、私達を」

そう言葉を続けようとしたときだった。

「太子閣下《かっか》！　お逃げください！」

遠くからこちらへと走りながら、あらん限りの声で警告を飛ばすエンヘリカの兵士。

「騎士が、騎士がこちらに突き進んで来ました！　損害を無視してこちらへと強襲してきます！」

お逃げくださいと言いかけたが、その言葉も途中に馬蹄《ばてい》が響いてくる。矢衾《やぶすま》になりながらも狂奔《きょうほん》し、疾駆《しっく》する馬にまたがっているのはミグナードであった。

馬よりも傷は浅い。だが、それでも前線を強引に抜けてくるだけの対価は支払っていた。

そう言える程度には彼もまた無事ではない。だが、どこか妙な感じを受ける。それが何かはわからない。理解するために沈思する時間もない。

「兄上……ッ」

構えを取り、無形剣《ブレイズ》が振るわれる。

突き進み、体当たりでも蹄鉄でも十分に人間を殺せるだけの威力を持っていたであろう悍馬《かんば》の首が飛んだ。

しかし、ミグナードは馬を文字通り乗り捨てて空中にありながらアーシャへと彼女同様に無形剣《ブレイズ》を放つ。

無形剣《ブレイズ》にどのような分類や差があるのかについて、オレはまったく詳しくはない。ただ、少なくとも『出の速さ』については存在するようだった。アーシャは相手から放たれた無形剣《ブレイズ》を防ごうとするも大きく切り裂かれた。そして、ミグナードの一撃の効力はアーシャへのダメージだけに留《とど》まらなかった。

アーシャの背後にはカイリとリーゼがいる。カイリは《隔壁》の請願によって自身とリーゼを守る姿勢を取っていたが、ミグナードの一撃はアーシャだけでなく、《隔壁》を砕《くだ》く。元からミグナードが狙っていたのはリーゼだったのだ。鋭く伸びた無形剣《ブレイズ》はリーゼに届きかねないものだったが、とっさに伸ばしたオレの手は彼女の襟首《えりくび》を掴むと後ろへと引かせる。間一髪のところだった。彼女の首は繋がっている。

「カイリ！　リーゼ様を！」

「アーシャは!?」

「……兄上はここで、私が討つ」

再び、無形剣《ブレイズ》の応酬。今度はアクロバットじみたものではなく、ほとんど同時に撃たれる力比べ。

破壊力については差がほとんど無いようで、生み出された巨大な刃は互いにぶつかり合い砕けてインクの粒子となって消える。

「早く行くんだッ！」

「アーシャ……必ず、必ず帰ってきてください！」

そう叫ぶとカイリはリーゼを軽々とではないものの、摑み、背負うと走り出す。

「カイリ!?」

オレは逆に前へと進む。彼女と交差する。

「アーシャはオレが手伝う」

すれ違い切るところでカイリは懇願《こんがん》にも似た声で言う。「大切な友なのです、どうか」と。

×××

ミグナードは死んだはずだ。伝聞ではある。そして、あの状況からミグナードが改めてベルゼニックに従うとも思えない。セルジが生きていて、脅《おど》しの材料として使われているか、というのも考えにくい。

肉体の記憶を読めばオレたちはベルゼニックを頂点とした戦力であると覚えているからだ。セルジは既に斃《たお》れ、その遺志を継いで戦っているのだと。

確かにミグナードとは多くの時間を過ごしたわけではない。だが、あの男がこの状況で冷徹になれるとも思えない。なにかされてしまった、と考えるべきだろう。

「兄上！　何があったのです！」

「……」

返ってくる言葉はない。あるのは無形剣《ブレイズ》のみ。応じるのはアーシャも言葉ではなく無形剣《ブレイズ》となり、刃がぶつかり合った。

単純な力勝負ではない。回避に防御に間合いの睨《にら》み合《あ》い。オレには理解できない、高度であろう戦いがそこで広がっている。

普通に横合いから手を出して何とかできるようなレベルの戦いではない。

「ミグナード！　公園であの後に何があった！」

「……」

ちらりとこちらを見ることすらない。

無反応だ。

おおよそ自我というものがそこにあるようには思えなかった。

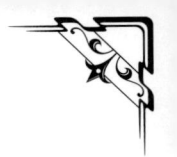

【継暦150年　冬／8】

一切の迷いのないミグナードと、兄を前にしたアーシャ。今は迷いを組み伏せているようだが、その限界がいつ来るか。そうなったときにアーシャはどうなるかはわからない。

カイリとの約束もある。なすべきことはなにか。それを考えろ。

まず周りを見る。投げやすそうな石か何か、お役立ちしそうなものは……。

死体だ。暗殺者の死体が目に入る。

戦いをよそに彼の遺品を探る。

暗殺用に使う予定だったであろうナイフ。貰《もら》っておこう。

財布。今は要らない。ベーコンは無し。

頭蓋骨《ずがいこつ》が描かれた瓶（中身が紫）。貰っておこう。

時間が惜しい。漁《あさ》るのはここで切り上げる。

暗殺者の遺品のナイフに暫定毒瓶の中身を塗りたくり、アーシャの戦いに加勢へと進む。

「オッホエ！」

まずは小手調べにカラになった瓶。

ミグナードは体を反らして回避をする。剣で弾《はじ》いてくれれば一手分稼げたが冷静に対応された。

こちらの行動に合わせるようにしてアーシャも動く。言葉もない。事前の練習もない。

だが、戦士としての才覚なのか、オレが次に何をするかをも予測して動作をしていた。

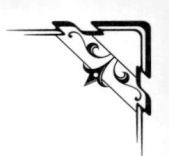

であれば行動を急ぐべきだろう。

瓶の次に投げるのは暗殺者の遺品《ナイフ》。瓶とは比べ物にならない投げ易さだ。それに対して、見事な連携を見せるアーシャ。賊仲間《ゾクヅレ》じゃあこうはいかないよな。

投擲されたナイフは素早く相手の懐へと進む。同時に放たれたアーシャの無形剣《ブレイズ》が組み合わさり、一手で両方を防ぐことなどできない攻めとなった。

ミグナードはより脅威度が高い無形剣《ブレイズ》を無形剣《ブレイズ》で相殺する。ナイフにはまるで関心を向けず、その結果として脇腹に深々と刺さる。

だが、それだけだ。呻《うめ》くこともなければ、血すら出ない。

「なっ……」「どうなってんだ……?」

どろりとした瞳を向ける。

妙だと思い、しかし何かはわからなかった答えが見つかった。血と痛み。そのどちらもが彼にはないのだ。

何より、彼から人間らしい情動というものを一切受け取ることができなかった。

まるで、死体だ。

死人が動くって現象自体はないわけではない。死んだ場所に由来していたり、死者そのものが強い残念によって動き出したり、そうした事例は時折発生する。

そして、そうしたことを能動的に行う技術も存在する。忌道《きどう》と呼ばれる、技巧や魔術、技術群。

請願などの中でも禁忌《きんき》として扱われ、封印されたり、意図的な忘却に向かわされるような
「クソッ、屍術《しじゅつ》でも使ったってことかよ」

その中に屍術と呼ばれるものが存在する。文字通り、屍《しかばね》に影響を与える術であり、死者を操るともされるが、それを扱えるものは帯陸《せかい》広しといえどもごく少数。その力を扱える適性などを含めても一般的な魔術の適性者の一％にも満たないだろうとも。

ミグナードを操っているのがその一％未満の才能の持ち主だって可能性があるのか。

それとも能力としてではなく、外部からの補助でもないかぎり――ああ。クソ。復活《リスポーン》をして拾い集めてきたパズルのピースが埋まっていく。

あるだろう。補助するものが。付与術だ。能力を込めて、それを任意に使える便利グッズがある。幾つか前の命でそれを運んでいる奴を覚えている。

サジェット。アイツが運んでいた『ダルハプスの欠片《かけら》』とやらは死者を操るものがどうのと言っていた。

矢衾《やぶすま》になり、オレの投擲を喰らい、血すら流さず、言葉も交わさない。

今のミグナードは亡者としかいいようがない。

「兄上、何があったのです⁉」

「……」

妹の言葉も届きはしない。

いや、届きようもない。ここにはもうミグナードと呼ばれていた男がいるのではない。

そう呼ばれていた肉があるだけなのだ。

「アーシャ！　ミグナードはもう――」

言葉に集中しすぎた。油断ってわけじゃないんだが、実戦に対しての才能が違いすぎたか。

死体になろうと、屍術のコマに成り下がろうと、無形剣《ブレイズ》を修めるだけの武芸者とオレとの間には隔絶と言えるくらいの戦力差がある。

ミグナードは突き刺されたナイフを抜くとオレへと投げ返す。それとほぼ同時にアーシャへと攻撃を再開しようとしていた。

飛んできたナイフを避けきれない。どんな毒かはわからないが、痛みよりも鋭い痺《しび》れのようなものが走った。痛みには理解がある。だからこそ、この痺れが即効性のある毒であることがすぐにわかった。

アーシャもまた、踏み込んできたミグナードに応じようとして、しかし一瞬動きが鈍った。彼の剣によって貫かれる。彼女の持っていた剣が音を立てることもなく地に転がった。

どうして鈍ったのか。ああ。そうか。見てしまったんだ。兄と呼ぶ人間の死に顔を。それを持ったまま動かされているという絶望を。

またオレは間違ってしまった。アーシャと共にミグナードと戦うべきじゃなかった。彼

女を逃がすべきだったんだ。

クソッ。これだから飽きるほどに死に続けてるヤツはだめなんだ。家族だとか大切な人だとかってものに対する想いの強さを忘れちまっている。

致命傷だ。アーシャもそれを理解したからか、ミグナードが剣を持つ手をがっしりとホールドする。

彼女が口を開く。何かを言おうとして、しかし「ごぽ」と血塊を吐き出す。膝を突く。

このままオレが死んで、そうなれば次は本命のリーゼ、そしてそれを守護するカイリがターゲットだ。それを回避するために、オレはどうするべきだ？　どうしたなら回避できる？

ぴくりとアーシャの指が動いた。それは自らの剣を指していた。だがそれきりだ。彼女は今度こそ動かなくなった。最期の力で伝えたのは剣。戦えと言いたいのか。剣なんぞ振るえないぞ。

だが、リーゼたちが逃げるために一瞬でも時間を稼げるならそれでもいい。アーシャへの贖罪《しょくざい》には足りないが、オレは剣を摑む。

「……」

ミグナードの瞳はしかとこちらを見ていた。だが、感情を映さない瞳は朽ちた頭蓋骨の、その眼窩《がんか》よりも暗い。オレの感傷だろうか。それは虚無ではなく妹を手に掛けた絶望の闇が広がっているようにも見える。

振るえない。そう思っていたはずなのに、アーシャの剣を摑むと何かを感じる。剣が特別性というわけではない。

『私を使え、グラム』

人知を超えるような、莫大《ばくだい》で底無しの欲求を固執《こしつ》しながら死んだものはアンデッドになることがある。

『主家の一粒種であるリーゼ様を、無二の親友であるカイリを守ってくれ』

死を前にして、人を想う彼女の心はアンデッドになってもおかしくないほどに強く発露した。

『何者によってか、哀れな道具に変えられた兄上を解放してやってくれ』

(オレにできるかよ。ただの賊だぜ)

『肉の器から離れた今ならわかる。君はあのとき我らに逃げろと言ってくれた賊なのだな』

(……わかるのか)

『これが魂というものなのか。形や色と言うべきか。記憶にある何度かあった君の声や想いが今ならこうしてくっきりと重なる』

(バレたくなかったんだがな)

『何故だ。なにか事情が？』

(わからない。アーシャが言う通りオレはあれから何度も死んで、その度に蘇《よみがえ》っている。

そういう体質なのは別にどうでもいいんだけどさ、どうにもその体質を他人に伝えると、その度に相手が不幸な目に遭っている……気がする。だからバレるのがどうにも忌避感がな）

彼女の笑い声が漏れ聞こえる。

『この期に及んで私が不幸になるかの心配とは、まったく度を超えたお人好しだよ、グラム。命のなくなった私がこれ以上失うものなど、それこそリーゼ様とカイリだけだ。だから、安心して私からの想いを託されてほしい』

（わかったよ、託された。けど失敗しても怒るなよ）

『怒りはしないさ。だけど、一つだけ言わせてほしい』

（なんだ？）

『ありがとう。何度も、……何度も助けてくれて』

何度も死んだ甲斐がある、なんて言うのは言葉が軽いだろうか。

（——それじゃあ、やるか）

『ああ。やろう』

×××

再利用。

【継暦150年　冬／8】

単純に何でもかんでも即席《インスタント》に使えるってものじゃない。

これには恐らく幾つかの技巧が組み合わさった結果として超能力の体《てい》を成しているのだと考えている。他の技巧や魔術などでは再現不可能なものが超能力であるが、複雑に絡み合った上で、持ち主からすれば超能力だとしか思えない処理をしているのであれば、それはもう超能力だ。

実際、魔術や請願と違ってキッチリとしたルール付けがされていない。後で「それは技巧だよ」とか言われて恥ずかしい思いをすることを許容できるなら持っている技巧を超能力だと語ったとしても罰せられるわけでもない。

対象がどのようなものかを知るために解析《理解》し、それを自分が扱えるように調律《形を整える》をするなり、微細な痕跡《こんせき》から本来の持ち主の動作を複製《マネる準備》をするなり。

そうして漸《ようや》く扱えるようになったものを再利用するのだ。

掴んだ剣からは無形剣《ブレイズ》の力とアーシャの想いがないまぜになって伝わる。

それを知ったところでオレが無形剣《ブレイズ》を使えるようになるわけじゃあない。

死して操られた兄を止めたい。その想いを遂げさせることはできる。

礼儀正しくはないが、

「ミグナードッ！」

オレは剣を構える。

「兄想いの妹の、その心を届けてやるよッ!!」

プレゼントするように渡すわけじゃない。

オレができるのは、

「オッホエッ!!」

とどの詰まり、投げて強引に届けることだけだ。

オレの一声と共に投げ放たれた剣はアーシャの想いの分だけ加速するように、音すら置いてきぼりにして突き進む。

回避できないと判断したミグナードは我が身の中で頼りとする最大の技、つまり無形剣《ブレイズ》で応じる。

実体のない刃が剣を破壊しようと地から伸びる。それは確かにアーシャの剣を砕いた。

「家族愛が包むぜ、ミグナード」

砕かれた刃から解き放たれたのは残念したアーシャの想いそのもの。

想い《それ》は兄同様に最も頼りにするものの形を取って顕現《けんげん》する。

今まで彼女が使ったものとは比べ物にもならない、放射状に広がったそれは一面を貫く光となる。

ミグナードは光へと包まれた。

形こそ無形剣《ブレイズ》の破壊的な力のようにも見えるが、光が去ったあとは何をも破壊することはなかった。

オレはあくまでアーシャの心を投げて届けただけだ。

アーシャもまた自らの心を最も投影しやすい無形剣《ブレイズ》に頼んだだけ。

その家族愛はミグナードを操る屍術を祓《はら》った。

屍術という寄る辺を失った彼は死を強引に超克《ちょうこく》したその反動なのか、物質的な肉体
——つまりは亡骸《なきがら》となった体を塵《ちり》へと還していく。

戒めが解かれたからか、ミグナードが声を絞り出した。懺悔《ざんげ》の言葉だった。

「すまない。アーシャ。私は愚かな兄だった。何をするべきか、誰の助けになるべきか、そんなこともわからないままに死に、お前まで手にかけた。……父上、アーシャ。そちらに行くことは赦《ゆる》されないだろう」

「何言ってんだ、ミグナード」

アーシャに頼まれたのだ。彼のことも。

「一人で闇に裁かれるつもりか？」

天を仰ぐようにして伸ばしていた手を、オレが取る。

「アーシャたちがいるところに行って、きっちり叱られて、きっちり仲直りしてきやがれ」

ぐいと引っ張る。

どこに向かわせられるわけでもない。だが、こうすれば闇に解《ほど》けようとしているものに

安心を与えられることを知っている。

闇に解けて消えていく恐ろしさは、誰よりよく知っている。誰でもいい。誰かが側《そば》にいればと何度願ったかもわからない。記憶がないからってわけじゃない。その恐怖だけは蓄積し続けていることをオレは理解している。

「……ありが、とう」

「自分がしてほしいことを他人にすりゃ、少しだけ自分が救われた気になれる。だからやっただけさ」

その言葉にミグナードは苦く笑う。

ミグナードは呪縛から解き放たれたように、動かなくなった。最期に浮かべた笑顔は妹にそっくりだった。

×××

勝ったと言えるかはわからない。ただ、目的は果たした。……クソ。臓腑《ぞうふ》が痛む。やっぱりアーシャみたいな天才の技はオレには荷が勝ってる。

投げてよこすだけでこの疲弊《ひへい》。

自分の貧弱さに嫌気が差すね。

「余計なことをしてくれたな」

嫌気が更に差したのはこの声だった。

「ベルゼニック」

「私を知っているとは。……何者だ？　先程の手並みも、並の人間とは思えん。だが、優れた才能があるようにも見えぬ」

「ただの与太者だよ。後の世じゃあ梟雄《きょうゆう》なんて呼ばれるかもしれないアンタとは違う人種さ」

「梟雄、か。一種の誉れではあろうが、その割には随分と憎々しげに見るものだ」

「かも、って言ったろ？　意地でもオレがその道を断ってやる。地方で野心に炙《あぶ》られたどこにでもいる一人としてオレが葬ってやるよ」

「どのようにやるのだ」

「そりゃあ――」

体が押されるような感覚。これは前にも食らった。

魔術で発生した矢だ。それがオレを貫いていた。

「ここからでもやれることがあるのかね？」

「さあて、どうだろうな……。殺したはずのオレが、お前の後ろにいるかもしれねえ。いつだって暗がりを怖がりな……」

「負け惜しみ以外の」

数発、立て続けに矢が飛ばされる。

「なにものでもないようにしか聞こえんな」

オレは血を吐くばかり。いよいよ闇に意識が解けていく。

意地でも立ちふさがってやるよ、ベルゼニック。

その決意を、表情に浮かべて見せる。笑う。それが今できる精一杯の虚勢だった。

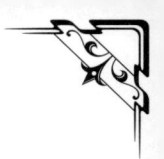

✘✘✘

（与太者か。いいや、与太者であるものかね。……本陣を狙い、それだけではなく私自らが後詰に来たというのに、まんまとリーゼに逃げられるとは）

ここで殺しておいて正解だった。生かしておいたなら、必ず自分の野心を妨《さまた》げる障害となる。

今までの人生を通して行った暗躍の経験から、直感的にベルゼニックはそれを理解していた。

だからこそ、確実に、念入りにグラムを殺した。

しかし、彼は知るまい。

グラムが擬似的な不死者であることを。

何より、そのしつこさと、自分の命の諦めの良さだけなら誰より優れた男であることを。

×××

その男がどのような旅をしてきたか。判断は難しかった。

もはや肉体は全盛期を過ぎ、激しい戦いから身を引く程度には精神は成熟、あるいは萎《しぼ》ませていた男のはずであった。

だが、彼が何者かであることを知らないものは少ない。

リゼルカ軍との戦いを前に忍び込んだのではなく、確かな身分を示して案内されていた。

普通であれば代理の者が対応するような状況でも彼の名を聞いて、リーゼが自ら会うことを決めた相手だった。

「ここまでどのようにして……」

カイリが労《ねぎら》いを含めて言う。

生半《なまなか》な道ではなかったはずである。

リゼルカとエンヘリカの軍が睨み合っているだけでなく、それぞれの軍は奇襲や暗殺にも目を光らせており、怪しいものがいれば先手を取ってでも攻撃し、安全を買おうとするような状況だった。

「一線は退きはしましたが、腰はまだ曲がってはいませんのでね」

柔和な笑みを浮かべ、苦労などなかったと強がっている。

だが体のそこかしこに傷はあり、エンヘリカ軍のいずれもがそうした戦いを報告していないこともあって、リゼルカ軍によって受けたものであることは明白だった。

「ですが、ハイセン様……」

どうしてそれほど危険なことを。職務と立場がある人間が、どうして。

そう言いたげなリーゼにハイセンは微笑《ほほえ》む。

「火を付けられたのです。ある冒険者に」

「ある冒険者？」

「グラムという、冒険者に夢を見ていた青年に。その人物曰《いわ》く、冒険者とは誰かの明日を作る力があるのだと。ここまで届け物をする任務の難易度を考えて、適正なのは自分だと考えて実行させていただきました。驕《おご》った考えかもしれませんが」

年甲斐《としがい》もなくお恥ずかしながら、熱くなってしまいましたと苦笑を浮かべる。

「グラム……」

「不思議なものですな。リゼルカとエンヘリカが一つであった頃の英雄と同じ名を持つ人物が再び物事を動かすというのは」

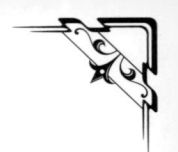

リゼルカ、エンヘリカがやや込み入った事情から分かれる以前、トランキリカと呼ばれていたこの地はその以前より問題が起こる土地だった。

当時の当主が急死し、跡取りが故郷に戻ろうとした最中に賊に囚われ、そこから逃がしてくれたものはグラムと名乗った。

今もリゼルカやエンヘリカの中央には彼を模したとされるモニュメントが、形は違えど置かれていることからも一種、神聖視されている存在である。

グラムという名前自体は各地で時折聞く程度には広まっている名前であるから、いざそれを名乗るものがいても特別視されることはない。

ただ、その名を持つものが状況を動かすとなれば別だ。

「グラムと名乗る人に助けられたのは私もです」

「実は、私も」

リーゼとカイリもそれぞれ口にする。

曰く、賊に囚われていた自分を助け出した父祖が遺した伝承の再現。

曰く、似たシチュエーションで同じ言葉で逃がしてくれた賊の言葉。

「火を灯《とも》し、あるいは命を繋いでくれたグラム殿は、我ら冒険者に依頼を託しました」

懐から取り出されたのは指輪。

「これを閣下にお届けせよと。口ぶりからすると彼とミグナード殿が取り返したもののようです」

死したリゼルカ伯爵が持っていた一族に伝わる指輪。それはただの装飾品などではない。領地に網目のようにして広がっている炉の力の制御に触れるための鍵のようなものである。

どこからでも扱えるものではない。

だが、炉の影響の強いところであれば使用することができる。その場所は都市の中でも目立つ場所になっている。前述したモニュメントこそが、その目印であった。

ベルゼニックはこの指輪の存在を知らなかった。

セルジがベルゼニックを信じきれていなかったからこそ隠し、人形同然にされたとしてもリゼルカへの忠誠心が秘密を保持させ続けた。

「お役に立ちそうですかな」

「ええ。この戦いの趨勢《すうせい》を握るほどに」

✖✖✖

それからややあって、戦いは始まろうとしていた。

リゼルカは他の伯爵が治める都市同様に城郭都市《じょうかくとし》の体裁を持っており、都市全体を城壁で囲み、幾つかの門を備えている。

城郭によって守られた都市がある以上、ベルゼニックは都市の外には兵を配していない。

一方でリーゼを支えるロフォーツとエンヘリカ伯爵領の軍は見事な統制で陣を敷いていた。

エンヘリカの軍以外にもリーゼが立つことで従った元リゼルカの多くの貴族や騎士、兵士たちが故国を救わんとする気概《きがい》を表情に出している。

だが、首都たるリゼルカを落とすことは簡単なことではない。

城壁や門は炉の力によって本来から考えられないほどの強固さを保っており、単純な城攻めとなれば陥落は難しい。

そのため、まずは門をいかにして開かせるかが重要になる。最もわかりやすいのは内側から開かせてしまうことだ。外からの守りは炉の影響によって堅くとも、内側からは別。守りを考えるのであれば誰しもまずはそこの守りを重要視する。ベルゼニックも当然、門の守りには優秀な人員を配置した。

しかし、今回攻め入るのは伯爵太子。都市について熟知した血統である。都市に隠された幾つかの外へと向かうための道が存在していることを知っていた。

明かすべきではない道ではあるが、攻め落とせないよりは秘密を開示するほうがよほどマシである。が、状況は変わった。

ハイセンが持ち込んだ指輪だ。

炉の力が強く影響するところであれば、指輪の効力が及ぶ。

門はまさしく、強い影響力のある場所だった。モニュメントがある場所のように複雑に炉の力が絡み合った場所とは違い、門に注がれた炉の力に作用することしかできはしない。

だが、それはこの状況——つまりは城攻めという現在においてはこれ以上ないほどの効力を備えていた。

薬指に輝く指輪を空に掲《かか》げる。

朝日に照らされた指輪が煌《きら》めく。

「《血の盟約に従い、我が意に応えよ》」

将兵を束ねるもの、兵を指揮するものには伝えられている。

ただ、それは彼女が直接扉を開くのではなく、彼女の合図によって内側から扉が開かれるというものだった。その辺りは指輪の力や伯爵家の秘密にも当たることだからこそ仕方のないことではあったものの、参列したものたちはあまり信じてはいなかった。流石《さすが》に「小娘の夢見がちな申し出を信じたりはしない」とまで言うものはいなかったが、少なからずそれに近い感情があったのは事実。

だが、彼女の言葉の後、扉はゆっくりと開いた。

その先で門を守るように申し付けられていたものたちは唖然《あぜん》としている。

何が起こったのか。これから自分たちに何が起こるのかも予想していない。そんな顔だった。

「ロフォーツ叔父様。外はお任せします」

門の守りに意味を持たないとなれば次は野戦だ。賊や傭兵たちの数を考えても、勝利した後のことを考えてもベルゼニックは野戦での決着を考えるだろう。

目の前以外の門が開かれた報告が上がる。野戦の始まりを知らせるものだった。

「存分に仕事をなされよ」

ロフォーツが剣を使い、礼を取った。

リーゼが走り出す。それとほとんど同時に動いたのはカイリ。そうして伯爵太子に付き従うものたちが一斉にリゼルカへと走り出していた。

×××

ベルゼニックに協力しているのはただのチンピラやゴロツキだけではない。将来性を見て手を貸しているどこぞの国から籍を動かした将帥《しょうすい》たるものもいる。

「門が開いたか」

「ど、どうします!?」

「そう焦るな。可能性は捨てきれないとは考えていた。門の守りにまさか裏切り者がいるとは、面談も無駄だったか。まあ、構わん。破られたのは北だったな。東西から全ての部隊を出せ」

「都市の守りはどうします」

「野戦に負ければどちらにせよそれまで。ベルゼニック閣下が儀式を終わらせれば都市内部がどんな状況になっていようとも一瞬で片がつく。炉にはそれだけの力がある。閣下が儀式を終わらせるまで引き分け続ければそれでいい」

儀式の完了はベルゼニックに炉が持つ力を与えるに等しい結果を与える、将帥はそのように聞いていた。彼がそれを疑うことはなかった。必要もない。疑ってしまえば命令も策も出せなくなる。保身のために兵を外に出さず身を固めるのに使ってしまう。

相手にしているのは命を捨てることも厭わない士気高揚した兵士たち。とてもではないがそんな状況になれば勝ち目は一つもない。

だからこそ、信じる以外に選択肢などなかった。主家たるものを信じることは雇われ将帥の仕事であると考えることこそが彼の哲学でもあった。

果断とも言える指示を飛ばす。外も中も守るなどという策は取らない。それは彼からベルゼニックへ向けた信頼でもある。

野戦での戦い方は既に下している。将帥たるものは必要ないほどに。何せ元々が幾つか

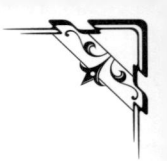

の群れや部隊で機能していたものたちなのだ。賊であればその賊の群れが、傭兵であれば在籍していた一団や地方などによってやり方が固定化されていたりする。

であればそうしたものたちを纏《まと》めて、大雑把な命令さえ下せば勝手に動く。勝利や敵の全滅を考えるのであれば明確な指揮系統と号令が必要だろうが、今必要なのはあくまで引き分けにさえすればいい。時間さえ稼げればいい。それならば、好き勝手に戦わせて問題はない。下手に命令するよりも士気は維持できるだろうとも考えていた。

「既に命令を達したぞ。さあ、動け」

その言葉に部屋にいたものたちが散っていく。

賊の中でもまだ頭の回るものであったり、それなりの規模の傭兵の頭目であったり。

命令が与えられた以上、留まる理由もない。

一同は走り去る。守りを、あるいは野戦を挑むのには寸刻すら惜しい。

(都市内部に入り込んだものは私の麾下《きか》で押し止める以外にはあるまいか。冒険者どもに蜂起《ほうき》されると厄介だが、果たして)

そう考えていたところに、部屋に騎士が二人残っているのに気がついた。

「命令を達したと言ったはずだが」

「伺いたいことがあります、将軍」

騎士たちは元よりリゼルカで禄《ろく》を食《は》んでいたもので、ベルゼニックに付いたことには大きな理由はなかった。あえてここにいる理由を付けるのならば見習いの頃に世話になったミグナードがベルゼニック側に付いたからでしかない。

その程度の理由ではあったのだ。だが、彼らは強い理由もなくベルゼニックに付いてから、ミグナードがどれほど父であるセルジに尽くそうとしていたかを知った。ベルゼニックは高潔な騎士であった彼を、セルジや彼が守っていた都市を理由にして人材商の番犬をさせられるという行いを耐えていたのを知った。

都市と家族のために誇りを捨てた、その果てが――

「ミグナード様が殺された件、ご存知ですね」

「確か賊に殺されたと」

「真実ですか」

「そう報告を受けている。あのミグナード殿が賊如きに遅れを取るとも思えないが、事故というのもあるだろう」

「ベルゼニック閣下がミグナード様を殺した。そういう情報を得ました」

将帥は知っていた。

事実である。腕の立つものを集めることを命じられた。理由を問えば隠さずにそれを教えられた。だが、口止めもされていた。

ミグナードのような猛者《もさ》を殺す理由についてまでは語られなかったが、ベルゼニックが手を下したというのであれば彼の歩まんとする覇道の障害であったのだろう。

「私は軍を操ることだけを職務としている。都市内での事件については」

「情報を得た、と言ったはずです」

懐から投げたのは幾つかの耳であった。いたずらに他者の耳を刈るような人間ではない。

これは証であった。狩りの成果であれ、戦の手柄であれ、決闘の証明であれ、戦いの結果を知らせる証。

この状況で言えば、得た情報の出どころの耳であろう。複数あることを考えれば将帥がベルゼニックに推薦したものたちのものだと考えることができた。

となれば既に対話の余地などありはしない。

彼らは情報を得たいわけではない。

求めているのは断罪だ。知っていて口をつぐんだことの罪。ミグナードに付いてきた彼らに知らせなかった罪。いや、ミグナードを守る機会を彼らに与えなかった罪だろうか。

「虚しいことだ。私にとっても、お前たちにとっても主《あるじ》と呼べるものなど存在はしない。一時の感傷でいたずらに刃を振るい、命を危険に晒すなど」

「そうして何も考えず、従うべきではない相手に従い続けていた我々に罰が下るのも承知の上」

剣を構える彼らに対して、将帥もまた机に立てかけていた剣を抜く。

（こうして意思を強くすることができる人材であったなら、結果は違っていたかもしれんな。ミグナード殿が死ななかった未来か。あるいはこうした人材がより多ければ閣下が都市に付け入る隙はなかったやもな）

騎士二人は武器を持ちはしているが構えはしていない。将師が戦う準備を整えるのを待っている。

ここでその隙を衝《つ》けば勝利はより近づくだろうが、どうにもそれをする気にはなれなかった。

彼が雇われ将師になる以前、理想に燃えていた時代を彼らを通して思い出してしまっていた。

「準備を待ってくれたこと、深甚《しんじん》に思う」

「……参る」

このあと、三つの死体が並んでいるのを暫く後に発見されることになる。

どのような戦いになったのか、どのように死んだのか、それを知るものはいない。

×××

（予想していたよりも遥かに都市の守りが貧弱だ。いや――）

カイリは周囲を警戒する。

元はリーゼの故郷であろうと、今のリゼルカはベルゼニックの腹の中に等しい。

不意を打つでも、懐深くまで入れて囲んで叩くでも、どんな可能性も捨てきれなかった。

リゼルカ中央には代々の伯爵が催事において演説をするための場所があり、そこにはリーゼが目標地点と定めたモニュメントも立っている。

そこまで行けば勝利条件のほとんどを満たすことができると彼女は言う。

あの指輪の効力は門を開かせることで目の当たりにはしたものの、むしろ、であればこその情報がわたっているなら確実にリーゼを倒そうとするはずだが、賊も傭兵もこちらを遠巻きに見ては警戒する程度。喜んで襲ってくるものは、

「ヒャッハー！」

「《隔壁》ッ」

都市にあって野良の賊としての生態を失わないものくらいだ。

しかし、キッチリと壁を張って防ぎ、返す刀……ではなく返す戦棍《メイス》で足、胴体、頭蓋と連撃を加えて処理する。

カイリは出立ちこそ人の悩みを聴いて導きを与える聖職者ではあるが、その本分と技術は戦闘に特化した僧兵のそれである。

（この程度で済めば御の字ですが）

モニュメント付近まで到達する。命令系統の中枢たる将帥が既に死んでいることは知らない。

（淡い願いでしかありませんね。ベルゼニックの姿がないことは救いと言えるのか、この場で決着を付けられないことを惜しく思うべきでしょうか）

モニュメントの周りには装備の整ったものが警備していた。

それが騎士なのか傭兵なのかまではわからないが、リーゼたちを視認した途端に戦意をむき出しにして一党としての戦闘機能を――つまりは陣形を取りはじめた。

「カイリ。厳しい戦いになるかもしれません」

「大丈夫ですよ。私たちだけではありません。アーシャや、グラムと名乗った彼も見守っていてくれるはずです」

「……見守られているなら、恥ずべき戦いにはできませんね」

気丈に笑うリーゼに、カイリは心の底から勇気が湧いてくる。

こんな戦いは余裕です、そんなことを伝えたくてカイリも微笑み返した。

（アーシャ、見ていてください。この戦い、貴女《あなた》に捧げます）

微笑みを返したあと、カイリはその思いを強く胸に刻む。それは彼女にとって、この戦いの最大の原動力であった。

【継暦150年　冬／9】

よっす。

意地は次の命に届いたか。気になるところのオレだぜ。


「……い——おい！　聞いているのか！」

早速怒鳴られている。目を向けようとするが、まるで深酒をした翌日のように頭が重い。

うーむ。ここは洞窟でも街道沿いでもない。小綺麗《こぎれい》な屋内だ。

周囲には同じくらいに小綺麗な連中と、冒険者風が幾人《いくにん》か、学者崩れがやはり数名。

オレに怒鳴り上げたのはその中でも一番身なりが良さそうな壮年の男だった。

「ぼうっとしている暇なぞないのだぞ。まったく、貴様が賊《ぞく》にしては珍しく儀式を知っているからとここに呼んでやったというのに」

ほう。オレが。

儀式ってのは魔術の親戚みたいなもんだ。魔術が持ち運べる便利なものだとするなら、儀式は場所に依存する代わりに効力が大きく、強くできたりする。

痩せた土地を沃野《よくや》に変えたり、死者がアンデッドに転向しないようにお祈りを捧げたりするのも儀式——正確に言えば儀式術の一種だ。

さて、更に怒鳴られる前に肉体から記憶を読み込んでみよう。

おお……。こりゃあ頭が重いわけだ。今までの賊と違い、アレコレと知識が多い。

一応貴族と名乗ることができるかどうか程度の家、そこの妾《めかけ》の三人目の子。つまりは端っこも端っこの子。儀式を知ったのは教育の賜物《たまもの》ではあるらしい。手のつけられない悪童《あくどう》だったせいで放逐《ほうちく》され、賊に入り、儀式術を磨《みが》いたって経歴らしい。

ここはリゼルカ。しかもそこでも一番重要な伯爵《はくしやく》のお屋敷だ。そりゃあ綺麗なワケだ。

「よいか。伯爵からその権威を引き継ぎ、道半ばで死んだセルジ様が後事を託したベルゼニック様が儀式を行っている。それさえ完遂されれば押し込まれたリゼルカは反攻に転じることができる」

そうそう。思い出した思い出した。現在、リゼルカ軍はエンヘリカ軍にぼっこぼこにやられているのだと記憶からわかる。そりゃあリゼルカの正当な跡取りであるリーゼが旗印となっているエンヘリカ軍こそが大義だ。

セルジがいた頃ならまだしも、今の責任者は外様もいいところのベルゼニック。

ミグナードが動けていた頃はまだ戦線も押し上げられていて、戦場での優勢もあってか裏切りはほとんどなかったが、そのミグナードは既に召されたあとだ。

勇将を失ったリゼルカ軍は前線が崩壊するレベルで兵士たちが逃げ出していったらしい。そこからはもう押し込まれてリゼルカ奪還まで秒読み。それを何とか押し返すための策がないわけではなかった。ベルゼニックは都市にある炉《ろ》を戦争に使う気らしい。

炉の力を利用すれば、国土防衛の要である『行動騎士』なんて呼ばれる役職を作ることができる。行動騎士となった家臣は文字通りの一騎当千、万人敵の力を得るとかなんとか。

ただ、それが責任者そのものを強化する対象に指定することは聞いたことがない。詳しいことまではわからないが、炉ってのはオーパーツもいいところで、世に広まっている使い方をしても事故が起こることがままある。

責任者、つまりは伯爵だとかが炉によって死亡することのほうがマズいわけだ。かといって死んでも構わないような、信頼もない相手を強化するのも怖い。

結果として定石と常識から外れた使い方はせず、その上で騎士として叙勲《じょくん》してもいいくらいに信用できる相手を対象とする。

が、ワンマン経営が大好きなベルゼニックは事ここに至っても自分のみを頼りにする。そのために炉を弄《いじ》り回《まわ》そうとしている。

「炉よりベルゼニック閣下《かっか》が力を引き出せばエンヘリカの烏合《うごう》の衆など一息に蹴散《けち》らすことができる。我らはそのためにいる！」

　ここに集められたのは儀式術やら魔術やらの知識や技術を持つ連中が多い。オレも同様だ。儀式をちょいっと触ることができる。全てはベルゼニックが炉を扱えるようになるための支援ということらしい。

　暑苦しく言葉を吐いている男の言葉。このあとに何が続くかも予想が付く。コイツが賊程度の品性と根性ならだが。そんで、恐らく賊程度の手合であろうって気もしている。

　次に来そうなのは時間を稼ぐために壁になれとかそういうヤツだろう。この手のカスどもの考えについちゃあ、オレは詳しいんだ。

　となれば、先手を打って行動するべきだ。

「知らされているかは知らんが、オレは炉に関する儀式を任せられている。ここで話している時間も勿体ない。ベルゼニックの旦那のところに行かせてもらいたいんだがな」

　適当な言い訳だが看破されても問題ない。出口はオレの背後。走って逃げる算段は付いている。

「そうか……。では、ベルゼニック閣下は頼んだぞ！」

　疑われずに済んだのはラッキー。リーゼかカイリか、それともアーシャのご加護だと思っておこう。

「炉への近道とかはあるのかい。その辺りがわかってないんだが」

「それならば――」

懇切丁寧に、とまではいかないがわかりやすい案内を口頭で説明を受ける。本来は炉の道筋などガッチリと秘匿《ひとく》されているはずだがベルゼニックが暴いて、秘密にする理由も今はないよということなのか。

その辺りは考えるだけ無駄かね。

案内に従いベルゼニックのところに行くだけだ。本当に炉の力を手に入れられちまったら打つ手がなくなりかねない。不意打ちでもいい。ベルゼニックを止めないとな。

アーシャを守れなかった分、アーシャが護りたいものはオレがなんとかしてやりたい。

部屋を出るとすれ違いで伝令か何かが駆け込んできた。

「敵が都市に入り込みました！　都市防衛の騎士たちが押されているとのこと！」

「精鋭部隊を送り込んだとでも……？　忌々《いまいま》しい！　ここにいる全員で時間を稼ぐぞ！　命を消費してでもだ！」

こちらに話を振られる前にオレはそそくさと部屋を後にした。

✘✘✘

「な、なんだあ!?　どうしてここにエンヘリカの連中が……ぐわっ」

そこかしこでリゼルカの手勢がいつのまにか入り込んでいる騎士や冒険者によって奇襲

を受けていた。情報も回りきっていないらしい。

どうしてここに、ってことについては別に不思議なことじゃあない。

リゼルカはリーゼの故郷であり、そしてリーゼはその故郷での最高権力者の娘。

余人が知り得ない出入り口の幾つもを知っているだろう。

話を真に受けるなら精鋭部隊が都市内部で大立ち回りしているってのは撹乱《かくらん》の一つかもな。本命はベルゼニックを打ち破るための精鋭中の精鋭で奇襲を掛けるためだったりするんだろうか。

炉を使われる可能性は当然、エンヘリカ側も危惧《きぐ》していたのだろう。下手に大軍で押し寄せて危機感を更に煽《あお》り、完全であれ不完全であれ炉を使われることを恐れた。

だからこそ、炉を使うかの判断の前に決着させようとしたのが奇襲騒ぎの髄《ずい》に当たる部分ではなかろうか。

炉に至る道はそのお陰かリゼルカの兵士なんかの姿はない。つまり、その先にいるベルゼニックに何をしても背を突かれることはないってわけだ。

隠し通路も同然の細い道を進む。

今の体が儀式術を知るもの、一般的には術士とも呼ばれる類《たぐい》のものだからか、道を進むごとにインクの濃度が高くなっているのが肌感覚で理解できる。

それを辿《たど》るように地下へ地下へと向かう。

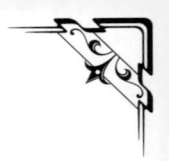

肉体の記憶か知識か。この先に開けた場所があることを知っていた。

炉の形状は様々ではあるものの、その効力は大体は一定である。応用の幅も広く、都市の生活を賄《まかな》う燃料代わりにするではなく、炉でなければ実現できないことに使われるのが一般的だ。

だからこそ、炉が置かれた部屋は可能な範囲で大きくし、儀式なども行えるように作っている。

ここもその例には漏れないらしい。通路の終わりには扉などはなく、そのままドーム状の空間に接続されていた。

巨大な空間に横たわるように置かれた黒い石版。炉と呼ばれるものの形状は様々だ。文字通りの『炉』型のものもあれば、巨大なフラスコのような形状のもの、あるいは今回のような石版型のものもある。あんな大きなもの、運び込むのはさぞかし苦労しただろう。

円形の地下室の中央に炉が、その手前側には石造りの頑丈そうな大きな机がある。

机の上には見覚えのあるものが転がっている。剣や鎧《よろい》だったもの。残骸《ざんがい》としか呼べないものだが、既視感の正体にはすぐに気がついた。ミグナードが最後に身に着けていた装備だ。どうにかして回収したらしい。『再利用』しようってわけか。オレの十八番《オハコ》を奪わないでほしいもんだ。

机の側で炉と机の上に転がる幾つかのものとを交互に何かしらをしているベルゼニック。

その周りには徒弟か部下かはわからないが、術士的な服装をしている連中が手伝っていた。何を手伝っているかまではわかりようもない。ただ、炉をいじって悪さをしようとしているってことだけはわかる。

「やはり安全策を講じてから出なければ急激に力が流れ込む可能性は大きいぞ」

「閣下といえども、あまりにも危険であろう……」

「外からの影響がないとも言えない……。伯爵太子《たいし》がどれほど炉の知識などを持っているか、こちらは知らないのだから……」

ベルゼニックに聞こえない程度の声で相談している。ささやき声を拾えるのも斥候《せっこう》と職能を定められる程度の能力が活きているってことだろう。

炉。伯爵太子が持つ知識。……あの指輪は彼女に届けられただろうか。それが今回の戦いに役に立つだろうか。

感傷もほどほどにしないとな。気を取り直してこの地下室を再確認する。オレが今いる通路以外にも通路が幾つもある。そのどこにも見張りを立たせていないあたり、本当に切羽詰まっているのか、人員的余裕もないのか。まさかここまで誰も来ないだろうとタカをくくっているとは思えないが。

……いや、あのベルゼニックのことだ。炉がなくとも少数の侵入者であれば自らの手で倒せばいいと考えているのだろう。強者の考えそうなことだ。

ここからであれば投擲《とうてき》の技巧《ぎこう》で狙撃をすることも可能ではある。問題はそのリソース。つまりは投げるものがないってことだ。

目覚めた部屋なり道中なりで拾えたならよかったのだが、残念ながらその機会には恵まれなかった。

炉の部屋に何かないかと窺《うかが》っても、精々が机の上のミグナードの遺品くらいか。

いや、手下たちの動向を見ていると実験に使うものなのか、金属製の刃物や工具を持っているものもいる。迂闊《うかつ》なやつが適当なところに置いてくれていれば盗み出して武器にできるんだけどな。

「やはり炉が出している力の流れを歪《ゆが》めると都市そのものに無理が出ます」

小声で相談していたものとは違う術士がまっすぐにベルゼニックの行いを否定する物言いをした。

「このままではエンヘリカの連中が来る。そやつらによって我らが滅ぼされることよりも最悪の事態があるとでも？」

「な、ないとは言い切れません。この地下空間を維持している機能があるかも判明していない以上は生き埋めになる可能性もあります」

ベルゼニックは魔術を行使するだけでなく、炉を直接的に弄くり回す知識もあるようだ。

だが、後者に関しては完璧な理解ではないようで、今のオレの肉体が扱える儀式同様にちょっと触ったことがある程度なのだろう。もしかして知識ではなく、どうなっても構わないという度胸の有無でしかないのかもしれない。

一方で技術者めいた連中はベルゼニックよりは理解があるらしい。ただ、それも五十歩百歩より十歩くらい余分に足が出た程度なのだろう。

確定的な物言いは避けて、理解の範疇《はんちゅう》にあるものだけを伝えている。不確定なことを含めて提言してベルゼニックの不興を買った結果、凄惨《せいさん》な終わりを迎えた同僚がいたのかもしれない、そう思わせる雰囲気だ。

「炉の力を私に注ぐ、これは決定事項だ。それ以外に策は残されておらぬ」

「いえ、ダルハプスの欠片《かけら》の力を与えられたこの装備に炉の力を与えれば」

ミグナードの装備を指して、術士は続けた。

「彼の力を再利用できます。都市への影響を少なくし、確実な運用のためにも炉の力を全力で閣下に傾けるのはもう暫《しば》しお待ちを」

まだ遠い場所だろうが、戦いの音が聞こえてきている。

「……その時間はない」

「閣下、どうかご再考を」

「くどいッ！」

ベルゼニックは短い詠唱《えいしょう》を用いて魔術の矢を放ち、諫《いさ》めようとしていた術士を撃ち殺す。

「ひ、ひいいいい！」

「こんなところに居られるか！」

そりゃそうだ。突然撃ち殺してくる上司なんて誰だってイヤだろう。

ただ癇癪《かんしゃく》で殺したってよりは、そのうち全員殺すつもりだったんじゃないか。炉について、自分についての情報を他者に少しでも渡したくないと考えての行動なのは見て取れる。秘密ってやつは知るものが少なければ少ないほどいいからな。

ここまで手伝わせて、これ以上成果をもたらさないようであればあっさりと切り捨てる。アイツはそういう奴だ。サジェットやミグナードも与えられた結末は今しがた殺された術士と同じ。味方を少しでも大切にするようならあっさりとリゼルカが攻め落とされる状況になっていないかもしれないが、そうでないならそもそもこんな風に野心に炙《あぶ》られてデカい計画《ネタ》に手を付けたりはしないだろう。

観察していてわかったことが幾つかある。

魔術の矢、その射程は矢というよりも長槍程度のものであることがわかった。一番遠くに居たものを狙う際に何歩も前に進んだのが証拠だ。恐らく十メートルかそこらが射程の限界なのだろう。

殺したことに特に何かの呵責《かしゃく》や後悔などは見せず、再び炉へと歩いていく。距離は十分にある。魔術の矢をオレに向けられない程度には。

オレは気配を殺して死体へと進む。何かないか？

投擲に特化した武器とまでは言わない。短剣だとかそういう護身用のものくらいあってもいいんじゃないか？

……何もねえ！　財布くらいしかねえ！　財布に手を伸ばしてしまうってのが身に染み付いた賊根性って感じがして悲しいね。

財布。いや、中身次第じゃあアリかもしれない。

中には小銭が幾つか。……これならイケる。

石を投げつけることを印地《いんじ》なんて呼ぶこともあり、立派な戦闘技術として確立されているところもあるとか。

そして、その印地で使うのを石ではなく小銭を使うことをそのまま銭印地《ぜになげ》なんて呼ぶこども。

わざわざそう呼ばれる程度には殺傷能力が使《え》あ《る》るものってことだ。

小銭を掴《つか》んで投げるイメージを膨らませれば、投擲の技巧が反応し、手段を現実のものとして体に与えてくれる。……よし、やれる。

あとはベルゼニックの隙を狙えるかどうか。

インクを練り上げはじめている。恐らく、炉にそれを注ぎ込むなりするのだろう。この肉体の知識ではどのようにして炉の力を扱おうというのか、その明確な手段まではわからない。

ただ、その動作からインクを使って炉から力を吸い上げるのか、自らの色に染めるかをするのだろう。

大雑把にできるものではないのか、ベルゼニックは集中力を強くし、意識を深く沈めようとしていた。

好機の到来だ。

オレが世に謳《うた》われる正義の味方であるってなら、名乗りの一つでも上げたかもしれない。

悪を糾弾するセリフの一つでも告げて正々堂々と戦ったかもしれない。

「よっす」と挨拶して数えてみればこれがこの周回《サイクル》最後の記憶。

いろいろなことがあった。記憶は持ち越せない。ある意味で最後の命であるとも言える今だからこそ、オレは勝利に拘《こだわ》る。やり方なんてどれでもいい。

オレは賊だ。正義の味方じゃあない。

だから、最後の最期までやりたいことを貫くことにしている。

銭を指で弾《はじ》くための姿勢を取る。技巧によってやり方は分かる。どの程度の威力が出るかもイメージの中では見えている。

一発では殺しきれないかもしれない。だが、銭ならそれなりの数があり、石を拾って投げるよりも連射できる。

初手で動揺させるであれ、痛みでもがかせるであれ、動きを止める。そこにガンガン小銭をぶち当てて殺す。シンプルでいいだろ？

×××

炉へと手をかざすベルゼニック。

怪訝《けげん》な顔をしている。

「……炉の力が別の場所に流れている……？」

集中力を再び深め、更に没頭しようとする。

ここだ。今こそが好機。

オレはコインを弾き投げる。それは大弓から放たれた矢の如き加速度でベルゼニックへと襲いかかる。

「ぐがっ」

炉に手を伸ばしていたベルゼニックの、その手首を削《けず》り切《き》るようにコインが飛ぶ。

集中力が途切れ、突然の状況に対応するために振り向き、無事なほうの手で魔術の矢を放つために詠唱をしようとする。

「オッホエェェッ！」

やらせるかよ。

オレはそんなメッセージを込めて更に銭印地を放つ。鈍い金色が次々にベルゼニックを切り裂いていく。

「貴ィ様ァ……！　この私がベルゼニックであることを理解しての所業かあッ！」

「当然わかってやってるのに決まってんだろォがあッ！」

魔術の矢を放とうとする。

距離は見切っている。その魔術で何度も殺されたんだ。有効射程はしっかりと存じ上げているとも。

バックステップで射程から外れ、踏み込んで小銭を投擲。すぐさま後退して射程から逃れる。弱腰野郎《チキン戦法》だって？　賊でザコだぜ。オレは。歴史に名を残すかも知れない梟雄様相手なら何だってするさ。

戦力を読まれていることをまるで自分が見下されているように感じてでもいるのか、痛みよりも怒りが勝っているようだった。

「貴様どこの手のものだ⁉　元はそこらの賊であったろうが、リゼルカの元貴族や術士というわけでもあるまい。何者だッ！」

オレが何者か。

そいつはオレが一番知りたいことだ。けれど、答えは得られない。こうして生きた十回

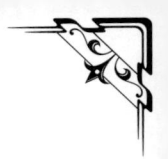

分の記憶も経験もリセットされる。不死ではない。漫然とした不滅。それがオレだ。何故不滅なのか。どうして不滅になったのか。オレはどこから来て、どこへと進まされているのか。何も知りはしない。

だが、何者かではなく、何者を目指すのかであれば答えることはできる。

そいつで構わない。どうせこの問答だって忘れることになる。そして、それを聞くベルゼニックもここで死んでもらうからだ。

「冒険者だよ。どこにでもいる、ただの冒険者だ」

「冒険者……？　認識票《タグ》もない賊が何を」

「知ってっか、ベルゼニック。冒険者ってのは助けたいと思った相手の、明日を作るのが仕事なんだぜ。オレが目指していた冒険者《ひと》の受け売りからはいささか中身は変わっちまったが、それが今のオレの望みなのさ」

コインを握りしめる。

「アーシャの明日をオレは作れなかった。だが、リーゼとカイリの明日ってやつは作ってみせる。アンタの命と引き換えになッ！」

「リゼルカの青瓢箪《あおびょうたん》どもの腰巾着か！　その程度の小物に私が負けられぬ。この場所よりベルゼニックの覇道を始めるためにも――」

魔術の矢を放つ構えから一転、両手を炉へと向ける。強引なやり方で炉の力を奪う方向へとシフトした。

「オッホエ！」

こちらも止まっちゃいられない。銭を投げつける。腕や脚、顔面に痛打を浴びせ、大量の出血をもたらすも殺し切る前に膨大なインクがベルゼニックから溢《あふ》れ出《だ》す。

炉から吸い上げたインクがベルゼニックに注がれていく。そこかしこにあった傷からインクが燐光《りんこう》を発している。傷を癒やしているようには見えなかった。むしろその逆。ヒビの入った器に強い水流を当てれば水が漏れ、ヒビを広げ、器を砕《くだ》こうとするようにインクが内から外へと逃げようとベルゼニックの体を破壊しようともがいているようですらあった。

「グオォ……力だ、力が溢れる。これが炉の力か……」

「ヒビだらけだぜ、ベルゼニックさんよお」

最後の銭を投げつける。

だが、それは相手に当たる前に噴出しているインクが膜のようになって直撃から彼を守る。

まだ距離はある。相手が動く前に他の死体から何かを――

「こざかしいッ！　ザコは引っ込んでいろ！」

かざした手からインクが直接投射される。魔術に必要不可欠なはずの詠唱すら使用しない。

オレの体は簡単に後方へと吹き飛ばされた。

「ふふ、フハハ……！　この力があればもはやリゼルカの土地がどうのなど考える必要もない。まずは都市に入り込んだ連中を血祭りにあげてくれよう」

ゆるりとした歩調で複数ある出口の一つへと進む。

全身が痛い。馬や牛に轢《ひ》かれたらこういう感じだろうか。体験したことがないからわからない、と言いたいところだが、馬に轢かれたことはあったな。アレくらい痛い。

だが、こちとら自称百万回は死んでいるんだ。その上でベルゼニックの仰《おつしや》るとおり、オレはザコ。

死んだ回数だけを誇れる程度のザコ。そうさ、だから知っている。この程度の痛みじゃあ死なないってことを。

小銭を投げつけてもあの膜みたいなインクの前じゃあ無力も良いところだが。

「炉は、もういいのかよ……」

「使うべきは使った。もはやタダのガラクタよ」

「そうかい」

オレはよたつきながら前へと進み、触れる。

「ガラクタだってよ、どうだ？」

術士によって付与された安全装置然とした術はベルゼニックの強引な吸い上げによって

破壊され、炉が蓄えていたインクは失せていた。

いかなるやり方で炉が力を生み出し蓄えるのかをオレは知らない。

だが、こいつはずっと独りでリゼルカを守り、育み続けたはずだ。

傲慢《ごうまん》な男に力を奪われ、挙げ句ガラクタなどと悪罵《あくば》を投げつけられるのは間違っている。

再利用によって、内包された力が炉と接続していく。

炉が再び熱を帯びる。奪われた力を取り戻せと言っているようにも、リゼルカの街を悪徳に染め上げるのを阻止せよと言っているようにも思えた。

インクの急激な高まりは隠し通せるものでもない。それはベルゼニックが見せたのと同じこと。

オレ自身の体も耐えきれないほどに力が満ちて溢れて、張り裂けそうに鳴っていた。

炉は、リゼルカは叫んでいる。

応報《オッホエ》せよ、と。

「馬鹿な……！　炉が蓄えていた力は既に私が」

振り返り、オレを見てそう呟く。だが、聞いている場合でもないとすぐに判断し手からインクを直接的に投射する。

だが、それらはオレが銭印地をしたときと同様に膜に包まれるようになったオレには届かなかった。

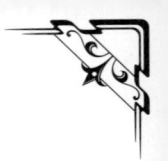

「《我が腕《かいな》は――」

最短の詠唱。魔術の矢を放つ姿勢。

時が淀《よど》むように、全てが緩慢に見えた。

オレは机の上に転がるミグナードの遺品を摑む。

「――弓》」

オレの超能力《再利用》は品切れだ。だが、ミグナードよ。アンタが自らの無念を思うなら、家族と故郷への想いがここに遺っているなら、オレの手から離れて力を見せつけてみろ。

オレがしてやれるのは、

「オッホエッ!!」

炉の力を根こそぎお前に込めて、ぶん投げることだけだッ!

×××

ベルゼニックの魔術の矢が白い光の奔流《ほんりゅう》となりオレへと襲いかかる。

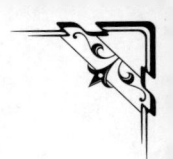

自らと同じ力を得たと認識したからこそ、全力を尽くすってわけだ。

「貴様は何者だ……! いや、何者であれ炉の言葉を聞いたとでも言うのか? それによって炉の加護を受けたとでもいうのか? そんな存在があってたまるか。炉の力によってこの継暦《けいれき》を終わらせ、至高の存在になるのは私一人で十分だッ‼」

オレにあるのは炉の力そのものじゃあない。所詮は再利用の超常で拾ってきたものでしかない。

それでも拮抗《きっこう》する。ミグナードの遺志の力か、投擲したものは黒い光となり、伸びた光の尾はオレの体と繋《つな》がるようにして黒い奔流となってベルゼニックへと向かう。

遺品たる欠片は黒い光に押されるようにして突き進み、白い光に当たっても砕けたり進む力を失って落ちて転がったりもしない。

黒い光が先導するように突き進むが、しかしベルゼニックの力が上回るのか緩やかに押され始める。

「私の、力のほうが……強いようだなッ！」

そのとおりだ。

わかっていたことさ。

だけどな、こっちにはまだ手があるんだよ。

「そうみたいだな。この現状だけならアンタの勝ちだよ。ああ、そいつは間違いねえ。けどな」

肉体の記憶か、知識か、あるいは経験か。儀式術を行使するための手段がある。

それは魔術も同様のものなのか、インクを燃料として結果を求める方法論があった。

インクが何かはオレは知らない。ただ、一説には自らの内側に存在する何かを消費するものだとされている。魔術の行使を短期間に連続した結果、死ぬ術士は少なくない。命すら燃やし尽くしたもの、などと語られる死因。

けどそれってつまり、命を燃やせばインクにできるってことだよな。

「こっちにはまだ擲《なげう》てるものがあるぜ」

オレは手を胸に当てる。

「ここになァッ！」

インクの感触というものを自らの体の中で初めて認識する。刃《やいば》を突き立てられたりしたらあっさりと壊れるもの。命と呼ばれるもの。

そこに燃えるものを摑む。そういう感覚で動かすとそれがゆっくりと体から引きずり出される。

「貴様、何を……」

「アンタは誰かの明日のために命を擲てるか？」

「生きてこそ我が覇道は成るのだッ」

「そうかい。それじゃあ話すことはもうねえよ。この勝負はオレの勝ちだ」

命の感触、肉体と紐づいたインクをちぎるようにしながらオレは今まで投げてきた石ころと変わらないやり方で構えを取る。

そして、

「オッホエ！」

投げつける。

黒い光の奔流、その尾は投げられた命と共に離れていく。

ミグナードの遺品と合流すると、爆発的な加速を得て白い光の奔流を切り裂いていく。

「馬鹿な。私は、私はベルゼニックだぞッ。継暦を終わらせ、王となって家畜どもを支配する、歴史に刻む存ざ――ぎ」

断末魔の声が響く。

「ぎぃああアあァあアあーーッ!!」

ベルゼニックの体を焼き払い、四肢を消し飛ばし、残ったベルゼニックだったもの《破片》が散らばる。

命が急速に失せていく。

その感覚がある。

だが、まだだ。まだ終わっちゃいない。

オレは物となった転がる破片から壮絶な死に顔を晒しているベルゼニックの首を掴むと、
彼が出ようとしていた道を代わりに進んだ。

×××

通路の先はリゼルカの大通りに面する民家に通じていた。

エンヘリカの精鋭部隊がリゼルカの、いや、ベルゼニックの私兵との戦いを続けている。

私兵とは言ってもベルゼニックが金に糸目をつけずに雇い上げた連中やベルゼニックの覇道に付き従うことを決めた士気の高い連中で固められている。それ故か精鋭部隊と拮抗し、あるいは押している部隊すらあった。

精鋭部隊の中心から声が上がる。

「私の名はリーゼ！　リゼルカの太子ですッ！　我が故郷をベルゼニックの魔手から解放するために戻りました！　汝《なんじ》らの戦いに正義はあるのか、胸に手を当てて考えるのです！」

現れたのはリーゼ。その側には彼女を守るためにカイリが侍っていた。

「ガキが、抜かしやがる！」「ベルゼニック様こそが覇王たる御方よ！」「炉の力さえあれば無敵になる！」

と、このように連中はリーゼの言葉を聞く耳もない。聞く耳があった連中は既に彼女に付き従っているだろうしな。

こう返ってくるであろうことを理解しつつ投降とも、名誉を損なわない形で持ちかけるのは彼女なりの優しさってやつだろう。

「聞け！　ベルゼニックはここに討ち果たされた！　疑うものはこれを見よ！」

オレは叫ぶ。もう痛みはなかった。死に近くなればなるほどに痛みは失せていくことをオレは知っている。

不意に現れたオレに対してベルゼニックの手下たちは驚き半分、奇襲せずに声を掛けてきたことに怪訝さ半分でこちらを見る。

そうした表情はすぐに全員が同じ色に染まることになる。諦観《ていかん》と驚愕《きょうがく》の色に。

「リゼルカにお前たちの居場所はない。武器を捨ててその罪の沙汰《さた》を待つがいい！」

下手に刺激して戦いになられても困る。

何名かは応じて武器を捨てるも、大部分は芽生えた疑いからか選択を渋っている。

「この状況になってベルゼニックが現れないのがその首が当人のものである証明になるでしょう。それとも、貴方《あなた》たちが信じたベルゼニックはこの状況の立て直しをしないような人物でしたか？」

カイリがオレの言葉を補強するように言う。

戦おうとしているところに驚きを、それでも立て直そうとしたところに冷水を掛けられた連中は渋々武器を下ろす、あるいは捨てた。

流石《さすが》に生首のまま渡すのも気が引ける、なんてどうでもいい思考が巡ってきた。いよいよ意識が闇へと解《ほど》けようとしている。もう少しふんばれ。それにこの首を誰が取ってきたと言えばいいか。アーシャがやってくれたとか言うか？　いやいや、生きていると勘違いさせてずっと探させることになったら不憫だよな。

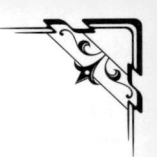

「……また、助けてくださったのですね」

また？

……まさかオレのことを覚えていたのか？

だとしたら他人のフリで現れたのが恥ずかしいんだが。いや、恥ずかしがってもいられないか。

命はもう尽きるまでどれほどもない。

何を言うべきか。何も言わないべきか。

「リーゼ」

「はい、グラム様」

様を付けられるような人間ではないんだよ、オレは。ただの賊だ。ちょっとばかり復活《リスポーン》するだけのさ。

「おせっかいはここまでだ。じゃあな」

別れの言葉だ。彼女ならきっと伝わるだろう。

意識が闇に解けていく。幾つも後悔はあるけれど、それでもこの周回《サイクル》は、悪くなかったんじゃないか。

【継暦150年　冬】

主《あるじ》を失ったという情報は燎原《りょうげん》の火が如《ごと》くに広がった。何せ戦力の主《おも》たる部分は傭兵や賊《ぞく》。

いくら腕が立ち、あるいは小回りの利く部隊として戦場を縦横に駆け巡り、エンヘリカの正規軍と拮抗《きっこう》するほどに渡り合う実力があろうとも、実力と忠義が同じように備わるわけではない。

瓦解《がかい》しゆくリゼルカ軍、いや、ベルゼニックに付いていた群れは大きく分けて三つの流れを作った。

一つめはいち早く動いた連中であった。彼らが向かったのは都市。中に入り込めば隠れるところもある。あるいは略奪によって懐《ふところ》を潤《うるお》わせて逃げ切れるかもしれない。淡い夢ではあるが命の軽い彼らは容易に淡い夢に全てを賭ける。

ただ、大きく張ったからといって良い結果に繋《つな》がりやすいなどというのは幻想でしかない。

都市をくぐった先に待っていたのは武装した市民や冒険者たち。

市内では既に勝鬨《かちどき》が上げられており、その声を聞いて立ち上がった市民たちによってこれ以上の賊の流入と流出を防がんと門の守りを固めていた。気炎万丈と意気消沈では戦いになるわけもない。結果は当然、略奪を企てていた賊の壊滅であった。

二つめは戦いの熱狂の中から抜けることができず、エンヘリカにぶつかる。

彼らの熱狂ぶりたるや凄まじく、次々と命を落とす仲間たちに目もくれず突き進む。エンヘリカの総大将たるロフォーツの眼前にまで進んだものすらいた。

ロフォーツは極めて冷静に賊を打ち倒す。少しでも苦戦しようものなら賊たちに妙なやる気を与えてしまうかもしれず、しかしここまで切り込んだものを部下に倒させるよりも、自分の手で倒すことを選択した。

敵兵の一人を、息をするように殺し、気にもとめず指揮を続けることこそ次代の伯爵《はくしゃく》としての器を示すことができると考えたからだ。

三つめは持っている武器すら捨てての逃走。

これに対してロフォーツは冷静に、あるいは冷酷に追い詰め、始末した。前述の器のこともあるが、ここで賊を取り逃せばこの後に復興作業が控《ひか》えているリゼルカの障《さわ》りになると考えたからだ。

「瓦解するにしても早すぎるように思える」

ロフォーツの表情は暗い。まだ何かあるのかもしれないという警戒心から来るものだった。

「事前の調べでは将帥《しょうすい》の椅子に座るのは名の知られた人物だったはずだ」

「はい、得た情報からはそのように」

「……まだ策があるのか。それとも将帥が誰より先に逃げたのか。……警戒は続けるのだ。リゼルカ伯爵太子《たいし》殿に何かあってはならん。守りはあの方を優先せよ」

「は！」

ロフォーツの警戒が解かれたのはここから少し後のこと。軍部が置かれていたであろう場所で将帥の亡骸《なきがら》が見つかったと報告を受けてからだった。

残党たちの奇襲はどれ一つとしてロフォーツが率いていた軍には通用しなかったのは功を奏したというべきか、怪我《けが》の功名というべきか。

ともかく、リゼルカの内外はこのようにして完全な決着がなされた。

×××

決着したその日、都市リゼルカの中央に作られた壇上に立つ一人の少女。

リゼルカ伯爵太子リーゼ。彼女は兄弟姉妹とも言えるエンヘリカの助力を得て、カイリと共に激しい戦いを切り抜け、遂には圧政と悪政を敷くベルゼニックを打ち倒した。

彼女こそがリゼルカ伯爵領の解放者にして、正当後継者である。それを力と行動を以《もっ》て示したのだ。

英雄となった彼女はリゼルカ市民と冒険者たちが上げる歓呼《かんこ》の声を浴びていた。

「私は戻って来ることができました。これも全ては市民と冒険者、つまりリゼルカに住む皆の力あってのもの」

彼女は言葉を紡《つむ》ぐ。

（そして、グラムを名乗る方の力で、ここに立つことができています）

それを心中で付け加えていた。

「リゼルカに安定と繁栄をもたらす伯爵となることを、全ての臣民と冒険者と、父祖から受け継がれ続けたこの指輪に誓います！」

指輪が嵌《は》められた手をかざす。空には曇《くも》り一つない。鮮やかな青色と、春の訪れを感じさせる柔らかな陽光が指輪を輝かせた。

彼女の宣言は待望していたまことなる支配者の到来の声そのもの。

伯爵太子リーゼは、今この瞬間から――

「リゼルカ伯爵万歳！」

「リゼルカ伯爵に忠誠を！」

少女ではなく、伯爵となった。

×××

一連の騒動のあと、リゼルカを故郷と考え、守るべきだと心を定めた冒険者は少なくない。

彼らは冒険者の傍《かたわ》らでリゼルカの守護をするのではなく、リゼルカの軍人に就《つ》く傍らで冒険者をするようになった。

リゼルカは商業的な発展は得ているものの、現状職業軍人を大量に囲うほどの財産を有してはいないからだ。

冒険者たちのそうした動きはリゼルカを狙っていた軍事勢力であるツイクノク領などに睨《にら》みを利かせることになり、ベルゼニックによってもたらされた都市の傷口を癒やすまでの時間を稼ぐことになる。

ただ、問題がないわけではない。

冒険者はそのようにして専従者が減ったものの、冒険者の活躍とリゼルカ伯爵が新たに打ち出した冒険者を手厚くサポートする施策によって市民たちから冒険者を志《こころざ》すものも増えた。

とはいえ、今まで剣の一つも握ったことのない人々である。

いきなり小鬼《ゴブリン》退治などできるわけもない。

「引率役と一緒に見習いの皆さんは薬草摘みを。獣が出るかもしれないので警戒は厳にお願いします。危険を感じたら即座に撤退を。重要なのは冒険者の仕事、その一端を体験することですから」

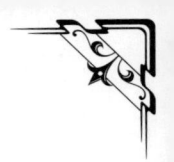

リゼルカ解放からひと月と少しが経過した頃。ギルドはベルゼニックの実質的支配があった頃とは打って変わっての忙しさに目を回していた。ただ、それも数日前に比べれば楽にはなってきた。エンヘリカと新たな同盟が結ばれ、冒険者ギルドの運営にも多くの人員がエンヘリカ冒険者ギルドより移籍してきたのだ。

その中にはかつてリゼルカを支えていた人間も少なからず存在し、彼らがリゼルカの再生と発展に人生を捧げる覚悟を持っていることをハイセンは理解していた。

「ハイセンさん、この依頼なのですが」

「荘園の立て直し、ですか」

ベルゼニックが行ったのはリゼルカの治安をかき乱したことだけではない。

リゼルカはその都市以外にもそれなりの領地を抱えている。先だっての戦いでベルゼニックに付いた挙げ句に敗死した有力貴族の荘園。そこには人材商に売り払うためにかき集めた人々がいる。彼らは廃村寸前の集落などから集められたものたちであるがゆえに帰る場所もなく主なき荘園で困窮《こんきゅう》しているままだという。

「報酬から見てもここの面倒を見たがるものは現れなさそうですよね……」

「鉄色のロームさんは確かそのような経験があったと聞いていますが」

ハイセンは最近リゼルカに流れてきた冒険者の名を出す。それとない会話から個人のことをあれこれと知るというのもギルド施設の運営者として必要な能力である。

「鉄色位階の方を紹介するには報酬の桁《けた》が足りないかと」

「確かに……。ただ、ギルドとしてもこれ以上の用意は……」

青息吐息を漏らす。ハイセンだけではない。会話に応じていた受付の人間も同様だった。

力量と実績は安売りするものではない。それは冒険者にとってもギルドにとっても共通する認識である。だからこそ、適正ではない報酬の依頼は斡旋《あっせん》できない。頭を悩ませる問題に難しい表情をするハイセンの視界の端に一つの箱が入る。

「救われない依頼に愛の手を、ですか」

そこに入っている高額の手形は今も眠りについたままだった。だが、炉《ろ》の力は取り戻されている。手形もまたその効力が備えられていた。

リゼルカはかつての安定と繁栄を取り戻しつつある。

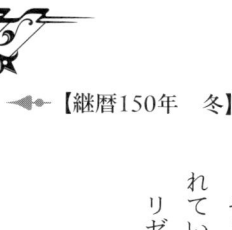

×××

リゼルカ解放から半年近くが経過した。リゼルカへと兵を出したエンヘリカもようやく平時の落ち着きを取り戻しはじめている。

「ロフォーツ様、本当によろしいのですか？」

エンヘリカは血を分けた兄弟と同義であるリゼルカへの強い援助をするべきであるという声が上がっていた。

それを明確に「しない」と断じたのはエンヘリカ太子のロフォーツであった。

既にエンヘリカはリゼルカを解放するために協力をしている。その謝礼は十分にリゼルカよりもたらされていたが、謝礼をすることがそのまま都市の復興を損なわせているのではないかとされていた。

故にエンヘリカが治安や発展に手を貸すべきなのではないかと声が上がる。人道的支援に関しては必要だと考えられる範囲で行われていた。同盟も新たな形で成された。しかし、そうした形で手を貸すのではなくエンヘリカが主導してやるべきだという意見が強くなっていた。

その行いはリゼルカとの関係を兄弟ではなく主従とするものであり、声を上げていたものもいずれはリゼルカを属国的な扱いにできるようにと狙ったものだった。

しかし、ロフォーツはあの騒動で現リゼルカ伯爵の才能を見た。彼女であればよりかの土地を繁栄させることができる。そして自分がエンヘリカの伯爵になる頃には互いに力を合わせれば多くの難題を解決できる同胞となれることを予見していた。

だからこそ、縛るべきではないと彼は考えていた。

ロフォーツは先の戦いでも功績を上げていることもあって、その一声を覆せるものはいない。

彼がそういうのであれば正しいのだろうと思わせるだけの功《いさお》しがあった。

よろしいのですか、と問うたのはロフォーツの補佐をして久しい人物であり、そのように聞きはしたが利益だけを見て発言を覆す浅はかな主ではないことは理解している。あくまで業務上で必要な質問を必要最低限しただけである。ロフォーツもそれを理解していた。

こうした発言は記録され、必要となったときに彼のこの発言を武器にすれば反対派との小競り合いを回避なり勝利なりすることができる。

「それよりも人材交流の話はどうなった。こちらの冒険者ギルドからそれなりの数が向かったのは聞いているが」

「リゼルカからは元冒険者で構成された新たな家臣団がこちらの冒険者ギルドとの関係を深めるための共同依頼を主に行うという話で纏《まと》まっています。両冒険者ギルドに対して我々からは──」

伯爵同士が相食らう乱世の時代にあって、リゼルカとエンヘリカは特異で、しかし温かみのある友情を得る道へと進み始めていた。

✖✖✖

(あの戦いからもう一年が経《た》ったのか)

時の流れの速さを感じながら、旅装を整えた一人の少女が伯爵邸を出ようとした。

目立たぬように裏口から。

彼女は──カイリはリゼルカを取り戻すための戦いの中でリーゼを守るために自ら血を流すことを厭《いと》わず敢闘《かんとう》したことから、それなり以上の知名度を都市内で得るに至っていた。

リゼルカをリーゼの手に取り戻させる戦いからはや一年。

英雄としての側面を得ることになったカイリは政治的に重要なポストを何度も与えられそうになるも、それを何度も断っている。

あくまで自分は一介の冒険者に過ぎないのだというのが毎度の断り文句だ。

それを奥ゆかしさと取った人々によって今もカイリは英雄として人々に愛されていた。

このままリゼルカに定住することを何度か考えたが、それを選ぶことはできなかった。

一介の冒険者である、というのは彼女の本心だった。冒険者であるからこそ、平和と安定を得ていくリゼルカは彼女にとっては少し退屈であった。

それに、この街に長く居続ければ居続けるだけ親友であったアーシャのことを思ってしまう。

別の手段なんてまるで想像できないのに、もっと上手く立ち回っていればアーシャは死ななかったのではないだろうか。アーシャがいないのは自分のせいではないのか。その考えはアーシャの名誉を汚すものだと理解している。しかし、いつかその思考のぬかるみにはまって、自分自身を許せなくなる日が来てしまうような気もしていた。

（アーシャ、ごめんなさい）

アーシャの分までこの街の再生と発展に手を貸すべきという考えがないわけではない。だが、やはりそれは選べなかった。彼女はどこまでいっても冒険者の気質を備えた人間であった。

正面から出ようとすればその出立ちから家臣や市民に止められてしまうだろう。

「行ってしまうのね、カイリ」

その背に声を掛けたのはリーゼ。いや、リゼルカ伯爵である。

かつての少女らしさは伯爵として生きるために正装の下にひた隠しにし、言葉遣いや立ち居振る舞いも立派なものであった。

ただ、声ばかりは感情を隠しきれていない。

彼女にとって過酷な戦場で自分を守り続けてくれた恩人なのだ。厳しい戦いの中でリーゼにとっては姉のようにも思えるほど、頼りになる人となっていた。

一方でカイリも、リーゼのことを出来のいい妹のようにも思えており、家族愛にも似た愛着のようなものが強くあった。

「里心がついていてしまいそうで」

「故郷だと思ってずっといてくれても構わないのですよ」

構わない、というよりも、いてほしいという気持ちのほうが強いことを気が付かぬカイリではない。ただ、自分がいることは都市のためにならないことを理解している。

先代リゼルカから、当代のリゼルカを支える家臣たちと比べても間近で彼女を守っていたカイリの勲功《くんこう》は大きなものであり、しかし外様の人間である彼女に与えるべきものはそう多くない。

冒険者としての位階を上げるための推薦、金品、他の領地を渡るための推薦状や手形。渡せるものは渡したが、それでも足りているかは怪しかった。

そんな彼女を後押しし、政治の道具にしようとする輩《やから》が現れないとも言い切れない。

リゼルカ伯爵も理解しているからこそ彼女の手を引いてでも止めようとはできなかった。

そうすれば、彼女はとどまってくれるかもしれないが、彼女の自由を奪ってまでする価値があるとはリゼルカは思えなかった。

「少し待っていてくださいますか」

餞別《せんべつ》の一つでも渡さねば伯爵の名誉にも関わるだろうとカイリは待つことに同意する。

暫《しばら》くすると彼女は布に包まれたものを彼女に渡す。

「杖、ですか？」

包まれてはいるが長い持ち手のようなものがある。

「どうぞ、ご確認ください」

リゼルカの勧めであればと布をそっと解いていく。

それは杖ではあるようだが。

「インクを通していただけますか？」

言われたとおりにすると杖は自律的にパズルを解くようにして形状を変えていく。

その姿は杖と剣の特徴を兼ね備えたものだった。

「ソードメイス、ですか？」

その形状から美しいデザインを仕上げやすく、一部の貴族や聖職が好んで使っていたとされているが、今現在では制作に必要なコストや技術的難易度などの問題から好んで使うものも、作るものも少なくなった。

「……これはもしかして」

カイリはこのソードメイスに既視感を覚えていた。

「はい。アーシャの遺品を再利用させていただきました。遺っていたものはそう多くはありませんでしたが」

足りない部分は別の資材などを使ってこれを作り上げたのだろう。握っていればわかるが、造りも材質も素晴らしく、そこらの冒険者が持つには不釣り合いなほどの価値があることは触れているだけで理解できた。

だが、その価値は物に備わったものだけではない。これは彼女が孤独ではないと教えてくれるだけの想いが込められていた。

「ありがとうございます、リゼルカ様。——私は、アーシャと旅を続けます」

インクを操作し、ソードメイスを杖へと戻すと石突きを地に当てる。

旅路を支えてくれる確かな感触がそこにあった。

終章

HYAKUMANKAI
WA SHINDA
ZAKO

【継暦151年　春／0】

えー……っと。

よっす。

盗賊《とうぞく》でも山賊でもない、ただの賊。それがオレだぜ。

ん……。どうにも記憶が曖昧《あいまい》だな。ってことは、なるほど。周回《サイクル》にリセットが掛かったのかね。

オレは死んでも目を覚ますが、記憶が引き継がれるのは十回死ぬまで。

全てを忘れて赤ちゃん同然になるわけじゃあないが、よっぽど大切なことでもない限りは覚えちゃいない。気分が切り替わってちょうどいいさね。

しっかし、妙に寝覚めがいいな。

前のオレはそれなりにマシな賊生を歩んだのかね。

であれば、今回もそれなりにマシな生き方を選びたいもんだな！

百万回は
死んだ
ザコ

あとがき

webから応援してくださった兄弟たち、関係なしに興味を向けて本書を手に取ってくれた兄弟たち、寄り添ってくれた担当氏含めKADOKAWAの皆様、デザイナー様、校正様、出版に携わっていただいた皆様、そしてありがとうございます。
うれしいうれしい。

げへへっ、そういうわけでついにここまで来ちまったな。オレ自身びっくりだぜえ。で、聞きたいことがある兄弟もいるよなあ。オイオイ継届150年だって？どういうことだ？webと時間軸が違うぜってよお。オレなりに考えがあるんだ。聞いてってくれよお。最初担当氏が出してくれた提案はwebのやつの手直しでどうだって話だったんだ。けど、調べてみたら丁度スオウたちの話の終わりで区切り。続きが出なかったらバッドエンドで終わりで、多くのことに恵まれたとして、いつまで続くかもわかんねえ話を刊行することになる。書籍って媒体で見てもらうならこの作品の「トロ」の部分を見てほしいって担当氏にねだったんだ。新しい話を書かせてくれってよお。そうして生まれたのが本作ってワケだ。どうだ、楽しんでもらえたかい。楽しんでもらえたならオレは最高に嬉しいぜ。挿絵についても担当氏にお願いして「可能な限り挿絵を載せてくれよお……頼むよお……」と泣きついて了承してもらった。いやー。こんな厄介なヤツと組んだこと後悔してンじゃねえかな。がはは。ありがとなあ、担当兄弟。そのおかげで結構な枚数を収録させてもらえたぜ。ありがてえよなあ。厚顔無恥なもんで涙の代わりによだれくらいしかでねえけどな。へへへ。さーて。書くこともなくなったな。それじゃ用語集から漏れたことでも書いていくか。まずは舞台となっている世界についてだな。webでも一回も出てない世界の名前。それが帯陸。帯陸と書いてタイリクともセカイとも読むこともあるぜ。帯の字が示す通り東西に長いからそう呼ばれている。南北は縦断したものはいても東西を横断できた奴は踏破者はほぼいねえ。仮にエルフみたいな長命種であっても時間が足りねえだろうな。だだっ広く　広がっているわけじゃあなくて土地を切り分けるように山脈や大きな湖があったりもするぜ。時々　出てくる　『東方』は山さえ越え　られるなら足を伸ばせる範囲だ。その山越えができりゃあだがな。次に無形劇を語っていくぜ。……ン？もう紙幅がねえ？名残惜しいが話はこれで終わりだぜ。じゃあな、兄弟。

百万回《ひやくまんかい》は死《し》んだザコ

2024年10月30日　初版発行

著者・イラスト　yononaka
発行者　山下直久
発行　株式会社KADOKAWA
〒102-8177 東京都千代田区富士見2-13-3
電話 0570-002-301(ナビダイヤル)

編集企画　ファミ通文庫編集部

デザイン　AFTERGLOW
写植・製版　株式会社スタジオ205プラス
印刷　TOPPANクロレ株式会社
製本　TOPPANクロレ株式会社

●お問い合わせ
https://www.kadokawa.co.jp/(「お問い合わせ」へお進みください)
※内容によっては、お答えできない場合があります。
※サポートは日本国内のみとさせていただきます。
※Japanese text only

 ISBN978-4-04-738010-3 C0093　定価はカバーに表示してあります。